宝

树

著

人民文学出版社
PEOPLE'S LITERATURE PUBLISHING HOUSE

图书在版编目（CIP）数据

孑遗者 / 宝树著. -- 北京：人民文学出版社，2023

ISBN 978-7-02-018094-3

Ⅰ.①孑… Ⅱ.①宝… Ⅲ.①幻想小说 – 小说集 – 中国 – 当代 Ⅳ.①I247.7

中国版本图书馆CIP数据核字(2023)第128194号

责任编辑　李　娜　　李　殷
装帧设计　汪佳诗

出版发行　人民文学出版社
社　　址　北京市朝内大街166号
邮政编码　100705

印　　制　山东新华印务有限公司
经　　销　全国新华书店等

字　　数　80千字
开　　本　787毫米×1092毫米　1/32
印　　张　5.875
版　　次　2023年8月北京第1版
印　　次　2023年8月第1次印刷

书　　号　978-7-02-018094-3
定　　价　58.00元

如有印装质量问题，请与本社图书销售中心调换。电话：010-65233595

目　录

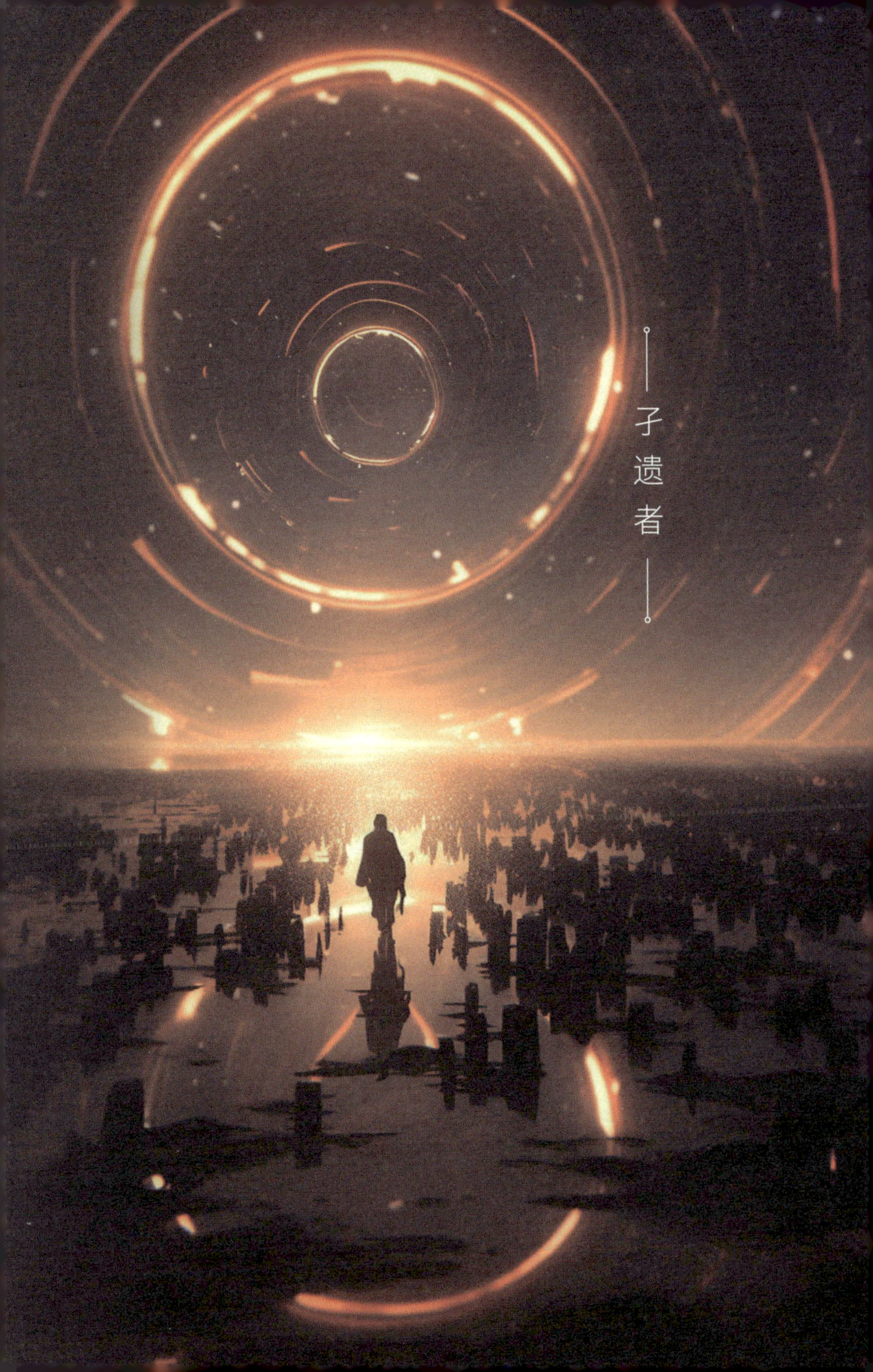
孑遗者

1

　　子遗者记得，在他还很年轻，几乎还是个孩子的时候，有一个女孩儿曾经问过他："世界上最后一个人，死前最后一刻看到的景象是什么？"

　　他毫无头绪，谁知道世界上最后一个人是谁？又是怎么死的？这根本没有答案嘛。想了很久，还是迷茫地摇了摇头。看到他的呆样，女孩儿咯咯笑了起来，将柔软的嘴唇凑到他耳边，轻轻吐出了两个字："黑暗。"

　　当时他怔了一下，随即也大笑了起来。是啊，无论你是谁，如何死去，最后看到的总是一片黑暗，还有比这更正确的答案么？

　　那时候，他们还太年轻，年轻得意识不到这个问题的残忍可怖。在一百多年后的此时此刻，当他望向飞船舷窗外的时候，又一次想起了那件往事，嘴角却再带不起一丝微笑。

曾经的那个女孩儿，那个如露珠般闪亮的女孩儿，连同世上其他所有的人，所有曾鲜活跃动的生命，他们都死了。死于那场毁灭一切的战争。整个宇宙中，只有一个人还活着，还在呼吸，还在感到自己从远古祖先那里传承而来的心脏跳动。他，就是最后的那个人。

而在舷窗之外，孑遗者看到了女孩儿告诉他的答案：一片深深的黑暗。

当然不只是黑暗，还有不计其数的星星和宏伟的银河旋臂，用灿烂的辉光装点着十万光年的浩渺空间，宛如一棵宇宙间的生命之树，枝繁叶茂，摇曳生姿。他也知道，在星河的某一黯淡分叉之间，栖息着他曾熟悉的一些星体：大角星、织女星、天狼星、南门二……太阳。它们在这冷漠寰宇中仍然熊熊燃烧，发出光热，虽然已经无法分辨其中任何一颗星体，但它们的光芒已汇聚到银河的辉光中，照亮了他的瞳孔，有时这会令他感到些许安慰。

但在这一切的中心，却是深深的虚无。银河旋臂怪异地扭曲起来，变成拱桥般的圆弧形，耀眼的银边勾勒出中间一片深邃的黑暗，如同一口看不到底的深井。只不过这口井大到可以同时吞掉上百个地球。

那是地狱之门，至少对他来说是如此。宇宙、生命和时间，一切一切的终结之点。

"地狱之门"是一个黑洞，但远比一般的黑洞大，至少有十万个太阳的质量，这使得它的史瓦西半径也达到了十多万公里。在上百亿年前，它的前身应当是一个稠密的大型星团，包含数十万颗恒星。在其中任何一个角落，都可以看到数个太阳并升，千万颗璀璨的亮星照得夜空宛如白昼的奇景。但那已经是遥远的过去，不知从何时起，复杂的引力牵引让多颗恒星在星团的中心碰撞融合，造出了一个魔鬼般的黑洞。在随后的数十亿年时光中，周围的恒星一颗接一颗坠入它的血盆大口，黑洞的质量如同滚雪球般疯狂攀升，直到整个星团都被吞没，最后一丝光明也消失在绝对的黑暗中。

自那以后的无尽岁月，这个孤独而可怖的幽灵盘踞在这片看似空旷无物的太空中，编织出纵横数光年的引力蛛网，耐心地等待着不经意的倒霉蛋。现在，子遗者和他的飞船，就成了它的猎物。飞船正在数百万公里高的轨道上围绕着黑洞高速转动着，差不多每半个小时就要转一整圈，犹如一只没头苍蝇徒劳地想飞出困住它的玻璃瓶。

子遗者迷惘地盯着那片黑暗，这已经成了他日常生活的一部分。银河的光辉在黑洞边缘闪耀流动，更反衬出中心的幽深难测。在那里有什么东西存在吗？至少不会有任何已知的物质形态。在十万个太阳的引力汇聚之下，连时间和空间都被拧成了一个点。或许神能够存在在那里？他摇摇头，嘲笑自己的幼稚，如果在那里有神的话，也一定是个与一切仁慈和善良都无关的恶灵。

银河渐渐转到飞船的背面，在另一个方向上银河黯淡，星星也变得稀疏，令他难以分清黑洞的边界，好像它正在沿着群星间的黑暗空间向四方蔓延。子遗者打了个寒战，从舷窗外收回了目光，在窗上轻轻　推，飘向光线明亮的舱室中央。他觉得自己不像是一个人，更像一具在水中浮着的尸首。

"爱琵斯，给我再来瓶伏特加。"他沙哑着声音说。

"舰长，您今天摄入的酒精含量已经超过标准，我不能执行这个命令。"一个柔美的女声说。几乎和当年那个女孩儿的声音一模一样，但当然不是她，只是飞船的主控电脑，这个声音是他自己设置的。

"不用酒精麻醉自己我会疯的，"他苦涩地回答，"每次看到那里，我都觉得自己犯了人类有史以来最无可挽回的错误。"

"您没有必要责怪自己。我们是在评估了所以危险与机会之后做出这个决定的，在当时看来，这是最合理的作法。"

"但人类最后的希望被葬送了，"子遗者说，实际上没什么好说的，他们都知道发生了什么，但他心底渴望着忏悔，哪怕是对一部电脑，"如果我们不尝试用黑洞进行引力加速，那么至少现在还在向目标星系前进。"

"但以不到 12% 的光速，我们要三百多年后才可能抵达那里，何况在那里也不一定能找到宜居的星球。"

"至少我们可以得到丰富的行星物质资源补充燃料和修补船体。"

"您忘记了，以飞船目前的状况，能撑过 300 年的可能只有 27%，我们很可能根本到不了那里。"

"我怎么会忘，"他闭上了眼睛，"但至少这还是有可能的，是一个渺茫但存在的希望。而现在，我们完全绝望了。"

是啊，完完全全的绝望。

2

对于绝望，子遗者并不陌生。

自他的青年时代以来，某种压抑窒息的感觉就萦绕着他，仿佛已经预示着黑暗终将降临。二十三世纪的太阳系，在议会政治的泥淖里，在行政部门的腐败与涣散中，一天比一天溃烂下去，一次次复兴的努力都以失败而告终，最后一次似乎有希望的改革，带来的竟是外行星联盟的独立和旷日持久的战争。提坦星奇袭、土星环战役、大红斑会战、小行星带争夺战、火卫一坠毁……每次短暂的停战之后总是更惨烈的战役。遮天蔽日的星舰在各个世界的天空中燃烧爆裂，一个接一个的太空殖民地在各种核武器、反物质武器或奇点武器的打击下化为焦土。

那时候人们以为战争总算要结束了，太阳系满目疮痍，数十亿人死于战乱，但人类最终能挺过去，正如之前的四次世界大战那样。想不到，战败的一方做出了同归于尽的疯狂之举，他们在残存的水星基地动用了最后的数百艘战舰撞击太阳黑子区域，蓄意引发了太阳的大爆发，本该在数亿年间的释放能量刹那间爆发出来，令太阳体积像气球一样膨胀，来自太阳内部的数千度的等离子狂流在内太阳系如洪水泛滥，二十四小时内就淹没了整个地球。

　　那个曾如露珠一般的女孩儿，在瞬间

就气化了，正如地球上其他的一百二十亿人一样。

　　当毁灭的硝烟散尽，留下的只有一颗直径达一个天文单位的红巨星，以及海王星轨道上最后残留的人类基地。此后几年间，幸存的数千人中又有大半因辐射病而死去。此时，太阳系的任何地方都已不适合人类居住。人类唯一的希望，在其他的星星上。终于，剩下的人集合仅剩的优秀头脑和技术力量，制造了有史以来第一艘能够以接近光速航行的空间曲率飞船"爱琵斯号"，二十五名船员，带着人类以及一万多种重要动植物的基因，飞向宇宙。

但开始光速旅行后仅一个月——按太阳系的时间是十年后——他们收到了太阳系传来的通信波段，得知海王星基地在他们离去后的数年间，随着生态循环系统的崩溃，情况已经越来越恶化，幸存者很快降低到了两位数，然后是个位数。终有一天，在太阳系方向上一片寂静，任何频段都只有微波背景辐射的噪声。于是他们知道，自己是宇宙中最后活着的地球生灵了。

从此，他们孤独地漂流着，从一个星系到另一个星系，寻找人类可以栖居的星球，但结果总是失望地离去。

飞船时间二十五年后，终于出现了转机。在距离地球三千光年外，爱琵斯号所探索的第十七个星系里，一颗有水和大气的蔚蓝色行星出现在舷窗外，如地球般明丽而温柔，船员们欢呼起来，流泪相拥。着陆勘探后发现，这颗行星位于宜居带，与恒星距离适中，有陆地、海洋和大气，直径、转轴倾角、自转周期等许多重要参数都近似于地球。定居的准备工作迅速展开，人们充满干劲，期望几天后就能搬进新的家园，改造海陆和大气，并根据人和其他生物的基因库存重新恢复地球生物圈。

但进一步的测量却给人们当头一棒：这颗行星的轨道实际上是极为狭扁的椭圆，近日点为 0.8 个天文单位，远日点却高达

7.5 个天文单位。目前行星处于接近其恒星的温暖时期，但大约半年后就会逐渐远离它的太阳，很快会彻底冰封起来，不仅海洋封冻，就连大气层也会被冻结在行星表面，根本不可能维持生物圈的存在。

经过反复的计算和论证，决策层放弃了殖民计划，下达了离开这个星系的指令，但许多船员太渴望结束漂流的日子，返回久违的大地上生活，他们认为这是舰长和高级船员企图奴役他们的阴谋，要求继续殖民工程，要求被驳回后，竟发动了偷袭，企图劫持飞船。

于是爆发了人类历史上最后一场战争，二十五个人参战，五个人活了下来。飞船的空间曲率引擎遭到了难以修复的损坏，从此只能以人约 12% 的光速在漫漫太空中缓慢爬行。相对论效应不再显著，船上的时间流逝与外界相差无几，对于船员来说，速度不只是以往的九分之一，而是千分之一，他们甚至无望在有生之年抵达下一个星系。

飞船朝向下一个可能存在宜居行星的星系又航行了十多年，其余四个人相继死去，一个是因为上次受伤，另外三个都是精神崩溃。最后只有他还活着，顺理成章地升任舰长。他成了宇宙中最后的人类子遗，讽刺的是，在其他人都死去后，飞船的生态

11

和医疗系统供养子遗者绰绰有余，他在生理上居然活得非常健康。

在数光年外发现"地狱之门"的时候，子遗者想到，这或许是一个机遇，飞船可以从近处绕过黑洞，借助于它的强大引力或许能够恢复光速。电脑模拟的结果十分乐观，但在执行计划时，空间曲率引擎在关键时刻被黑洞附近的时空畸变所扰乱，无法达到所需的速度，令他聪明反被聪明误，落入黑洞引力井的深处，困在了这张无形的蛛网上。

之前的绝望中，总还有那么一点点希望存在，让他能够想象一个更美好的，至少有那么一点美好的明天，在艰难时世中支撑下去，但今天，最后的希望也荡然无存。

3

　　《月光曲》柔美舒缓的熟悉曲调在船舱内流动回旋，配合着墙壁上的三维虚拟影像：海上明月，波光粼粼，让子遗者如漫步在旧日地球的月夜沙滩之上。以前他算不上是个爱音乐的人，但想到人类所缔造的最美妙的声音，在这广袤宇宙中即将归于永久沉寂，他开始听一首首名曲，这些年来，这对他已经变成了一个庄严的仪式，就好像他不只是自己在听，而是代表整个宇宙在聆听。虽然明知道，在飞船外面便是死一般的寂静，无法打破，无可改变，但这些音乐是他抵抗外部黑暗和内心绝望的最后屏障。

　　一曲终了，子遗者擦了擦眼角的泪痕，想转向下一首曲子，但终一拍手，驱散了月下的海滩椰林。"您的下午茶已经准备好了,"主控电脑被召唤而来,体贴地告诉他,"然后是一个小时的健身时间,晚餐您想吃什么?"

"够了,爱琵斯!"他烦躁地挥挥手,"我不想再这样一天天打发日子了。"

"您打算更改日程安排吗?"

子遗者没有理会这个问题:"我记得你的名字,是希腊语里'希望'的意思,对吧?"

"是的, he elpis。"

"潘多拉魔盒里最后剩下的神祇,"他想起了这个悠久的传说,"那么告诉我,我们现在还有希望吗?"

"舰长，这个问题不够严格，"爱琵斯缜密地回答，"是否有希望，依赖于你所希望的东西是什么。根据概率计算，我们可以把有希望的状态定义为高于 0%，而无希望的状态定义为——"

"够了！"人工智能从来发展不到善解人意的水平，他无奈地想，"我当然是希望飞船能逃出黑洞的引力范围。"

爱琵斯毫不犹豫地回答："这一目标实现的可能是 0%。"

"如果我们注定要掉进去，我希望这个黑洞的背后有一个白洞，我们可以穿过它，去到另一个宇宙。"

"白洞理论尚未被证实，根据已知的资料，这一希望前一半有至少 50% 的可能实现，但后一半还是 0%，一切物质在穿过黑洞之前就会被超过一切电磁力的巨大引力撕裂成基本粒子，目前的技术无法克服这一障碍。"

"那么我究竟有多少希望能看到人类的后裔在新的星球上延续下去？"

"实现可能为 0，"爱琵斯总算"善解人意"地补充了一句，"……根据目前的暂时性资料。"

"那还能有别的希望吗？"他苦笑起来，"对，我还希望该死的战争根本没发生过。"

"逆向时间旅行违反基本物理定律，实现可能 0%。"电脑冷酷地回答。

他颓然地闭上眼睛："但是我真的很希望能够回到以前的世界……"

这次，电脑奇怪地沉默了片刻，然后吐出了答案："实现可能100%。"

子遗者不敢相信自己的耳朵："你……你说什么？"

"舰长，您应该知道，我的数据库里储存了人类文明数千年来的各种资料，我可以构造出各种你能够想象的虚拟世界，真实的或者虚构的，历史的或者现实的，无论是公元前的古希腊还是二十一世纪的纽约，无论是西方的魔法大陆还是东方的仙佛天宫，你可以生活在任何一个世界里，任何一个。"

他嗤之以鼻："虚拟实在？我玩过这种游戏，太假了。"

"舰长，以我的计算能力，完全可以构造出感觉完全真实的虚拟世界，只是这一功能之前被秘密地封锁了。基地方面认为如果让船员沉溺于虚拟世界的存在，会危害现实的任务。但到了现在，鉴于当下的局势和您的心理健康，这一能力可以解锁了。"

"原来是这样……但那不还是假的么？"

"真的或假的，对您来说没有任何区别。我造出的每一个世界都会有构造精细，肉眼无法分别的天地山川，草木动物，也会有各种各样的人类同伴和您生活在一起，每个人都可以通过图灵测试。您可以成为帝王将相也可以成为普通人，都随您选择。舰长，您还有至少八十年的自然寿命，应该让自己过得开心点。"

子遗者想了想，还是摇了摇头："但这是自欺欺人！真正的我在离地球好几千光年的鬼地方，孤零零的一个人对着个永远不可能摆脱的大黑洞。"

"如果您愿意，至少可以摆脱关于这件事的记忆：只需要用医疗纳米体阻断特定脑区的神经突触就可以了。"

"我……"他卡住了，似乎没有什么理由不接受了，"可……可是我不能放弃自己的责任。"

"但已经没什么可做的了，您已经尽了责任。"

那个女孩儿的笑靥在子遗者的脑海闪现，他无法抵挡这致命的诱惑。"那……那我……试试？"

但随后又补充："但是我不要那些虚无缥缈的游戏场景，我要……重建属于我的世界。"

重建旧世界比子遗者想象得要容易，他知道爱琵斯号的量子数据库里储存了旧日太阳系的海量资料，但他从未想过，那里有自己出生的亚洲海滨小镇一百年以来的三维实景地图以及许多人的照片和身份资料，还有地方报纸、官方档案和网络论坛中记载的大小事件。他完全可以构造出一个惟妙惟肖的过去世界，重新见到那个巧笑倩兮的女孩儿，过上自己一直渴望的幸福生活。而只要再加上一点点想象力，他也可以改变历史，让太阳系再次走向繁荣兴盛，亿万人都能在其中得到幸福。虽然实际上，整个"世界"只有他一个人，但又有何妨？他会重新调整自己的记忆结构，忘记一切，投入到他本该获得的生活中去。那句古话怎么说来着，"人生如梦"，既然如此，那么梦也同样就是人生。

在完成了世界设定后，子遗者进入医疗舱室。"您只需要飘浮在空中，"爱琵斯告诉他，"我会把您的身体固定住，数据输入端口会从脑后接入颅内，和脑神经束对接，不过不用担心，整个过程会在麻醉中进行，当您醒来的时候，就忘记了一切，在另一个世界里了。"

"我真的会忘记一切？那什么时候可以恢复记忆？"

"当您在虚拟世界生活五年之后，我会唤醒您的记忆一次。届时您可以重新选择是否回到现实世界，当然，也可以按照您自己觉得合适的时间，另外设定唤醒时间点。"

他想了一想："不必了，那就五年好了。"

他最后望了窗外的黑洞一眼，然后摊开手脚，放松肌肉，身

体在空中悬浮，几只机械手臂从墙壁中伸出，将他身体固定住。随即，他的后颈微微一凉，他知道，强力的麻醉药剂正在输入他体内。他知道自己要睡去了，或许这也将是他的最后一场睡眠，最后一场梦幻……

子遗者闭上眼睛，黑暗压了下来，在恍惚中，他似乎感到自己正在"地狱之门"的上方，在遥远而温柔的星光中，坠向那无尽的黑暗之渊，不，不是坠落，而是飞翔。他飞向无边的黑幕背后，但他知道，那里隐藏着一个光明的天堂……

一个朦胧而古怪的念头猛然浮现，他想说话，但药力已经起了作用，他已经发不出声，连嘴也张不开了。停下！他在心中呼喊起来，快停止，我还……不……

为时已晚，他最后看到的，一片黑暗将他吞没。

4

仿佛过了一万年之久，子遗者从一个幽暗怪异的噩梦中醒来，睁开眼睛，看到银河间的黑暗独眼仍然在一动不动地凝视着他。固定着他的机械臂缓缓松开，他无力地瘫倒在舱室内壁上，一时头脑仍然木木的，不知道发生了什么事。

"我……这是在哪里？"

熟悉的女声回答他："在您称为'地狱之门'的超级黑洞，距离地球大约三千光年。"

他想起来了一切。"这是怎么回事，爱琵斯？"

"您麻醉前在大脑中下达的指令，让我停止操作，我在最后关头接收到了它——时机非常凑巧，早一刻脑机连接尚未建立，晚一刻您就已经完全被麻醉了。我收到后立刻停止了记忆阻断和接入虚拟世界的程序，等待药效过去后您的苏醒。"

"没错，"他渐渐想了起来，艰难地长出了一口气，"你差点害了我，爱琵斯，也差点毁灭了人类最后的希望。"

"我不明白您的意思。"

"当年总部为什么要封锁你构建虚拟世界的功能？因为虚拟世界是另一个黑洞，一旦进去后就无法再出来。你知道的，人性太脆弱了，在我还没有进去的时候，它的诱惑已经无法抵挡，如果在那个温柔乡里三年五载，怎么可能还会选择出来，回来面对这该死的黑洞？到时候，这一切看起来大概就是一场噩梦，巴不得再也不要回去才好。"

"或许是这样，但您并没有什么损失，我们已经分析过，在这里您没有什么可做的。"

"问题是，在被麻醉前的最后一刹那，我居然想到了答案，我们可能逃离黑洞的方法！简单到了出奇，但是因为我太过信任你的判断，过去几个月居然一直没有想到！难道你也不知道吗？"

"您说的方法是？"

子遗者指了指飞船舱体："唯一可行的办法就是抛弃飞船的部分质量，剩下的燃料才可能让飞船挣脱黑洞的引力。"

爱琵斯冷静地回答:"我当然考虑过这种可能,但很快就排除了这个选项。经过计算,飞船必须抛弃至少55.32%的质量才有可能逃离黑洞,但本来的爱琵斯号会不复存在,所以说,如果要'飞船'逃出黑洞的引力范围,这种方法是绝不可行的。"

子遗者啼笑皆非:"这……这是文字游戏!难道你没有计算过,我们曾有二十五个船员,但现在只有我一个,只要抛弃船员的生活舱以及整个生态循环系统,加上医疗舱、武器舱等不是绝对必要存在的舱室,还有大部分循环空气和食物、饮水、宇航服等等,你算算是多少?"

"大约55.71%,勉强是可以。但是如果这样的话,不说爱琵斯号基本等于毁灭,您自己也无法存活,按照机器人三定律,危害您生命的行动绝不在我的选项之列。"

"不是这样,我们完全可以利用驾驶舱中应急生命维持系统,只要略加改造就可以供人长期在其中生活居住。"

"即便如此,在这种情况下那里也无法长时间保持空气的净化标准,更不用说提供丰富可口的饮食和娱乐,医疗水平也会下降到难以保证健康质量的程度,您会像生活在囚室里的犯人一样,连起码的行动自由都没有。未来的预期寿命将会从八十年锐减到十年以下。"

子遗者心一沉，知道爱琵斯不会夸大其词，过去几年中，虽然他被孤独折磨得几度心理崩溃，但是至少身体苗壮健康，而一旦选择这一方案，自己相当于不折不扣地跌入地狱。

他思考了一番之后，又有了一个主意："在驾驶舱我能够接入虚拟世界吗？"

"当然可以，但这是飞船操作守则所严格禁止的。"

"那我回头用舰长权限改一下操作守则就行了，"子遗者如释重负，"反正在驾驶舱的大部分时间我也无事可做。让我们赶紧离开这鬼地方！"

"即便如此操作，在黑洞附近由于时空畸变，空间曲率引擎仍然可能工作不正常，最终还是很可能无法达到理想速度，甚至坠毁的可能也有50%。"

"成功的可能性是多少？"

"按目前的数据来看，应当不超过10%。"

他苦笑了一下："至少不再是0%了，至少我们又有希望了！行动吧，爱琵斯！"

"按照程序，彻底的飞船改造需要舰长也就是您的最终确认，您是否需要冷静下来思考一下？如果不冒险，您还有八十年的幸福生活，如果冒险的话，也许——"

"不必了，我确认。"他打断了爱琵斯，他知道自己无法等到冷静下来，否则刚鼓起的勇气也许很快就会消散。

一百五十个小时后，随着《命运交响曲》悲怆而顽强的旋律响起，飞船开始了艰难的蜕皮，数十个排列成伞状的舱室像被吹散的蒲公英一样，带着无数被抛弃的辎重离开主船体，被弹射向后方。飞船借此加快了速度，这些废弃的舱室相互撞击破碎，燃烧爆裂，产生出百万个碎片，它们中的一部分将坠入黑洞中，在瞬间便灰飞烟灭，但当它们坠入表面视界时，上面发射的光芒在黑洞的巨大引力下只会以慢得出奇的速度逃逸，亿万年后，如果有旅行者造访这里，仍然可以看到这些燃烧的残骸。

为了避开碎片的可能冲击，以及为引力加速做准备，只剩下一根伞骨的爱琵斯号开始变轨。空间曲率引擎像巨兽般吼叫起来，拉动着飞船驰向没有一丝光亮的黑洞表面。

5

　　爱琵斯号绕着"地狱之门"公转着，画出一个个大大小小的椭圆，越接近黑洞，所受到的引力就越大，飞船的速度也就更为加快，但逃离黑洞的方向距离坠入黑洞只差毫厘，爱琵斯号必须不断根据速度和方向的变化精确地调整轨道，在近拱点一点点地加速，将椭圆拉伸得越来越狭长，这样才可能在下次接近黑洞时靠得更近，获得更大的速度而不会坠入其中。

　　在超过二百次轨道调整后，只有之前一小半质量的爱琵斯号将最后一次掠过地狱的门口，但这一次，通过黑洞引力助推以及空间曲率引擎的发动，它将获得无限接近于光的速度，能够画出一道完美的双曲线，让飞船彻底摆脱黑洞的死亡之手，飞向外面广袤无边的星际空间，重获自由。

托空间曲率引擎之福，由于是空间本身的变化，子遗者并没有感到太多加速度，否则可能早已变成了肉饼，但极高角速度所产生的离心力仍然将他死死按在驾驶座上，让他喘不过气来。他顾不上肉体的不适，紧张地盯着三维屏幕上飞速变动的数字和图像，它们扭成一团，宛如命运的咒文，显示出速度正一点点接近光速，另一方面，远拱点越来越远，从数百万到数千万，从数千万到上亿公里，而近拱点和黑洞的距离却在不断拉近，从五百万到二百万公里，从二百万到一百万公里……使得整个椭圆被拉长到了偏心率接近1的程度，近乎两根平行线。

在近拱点是最为危险的，由于爱琵斯号是以亚光速航行，只需要小数点后面十多位的一个错误，飞船会在瞬间越过数十万公里的距离，冲入光也无法逃离的视界之中，被黑洞引力扯成碎片。幸好，由于之前对黑洞附近时空曲率的测量，这样的错误没有发生。

暂时没有。

下一个刹那，子遗者感到被什么浓稠的东西包裹了起来，似乎一切骤然凝固，窗外的星星彻底消失了，黑暗笼罩下来，子遗者惊恐地望向屏幕。

"爱琵斯！怎么回事？我们……我们是跌入视界内部了

吗？"

"并没有，"爱琵斯沉着地回答，"黑洞的巨大引力会引起附近的时空畸变，我们现在应该是进入了一处被称为时空陷阱的异常区域，所以时间流逝比外面慢得很多。"

"有多慢？"

"从外界来看，飞船仍然是在以之前的速度运行，但对我们来说，时间流逝却只有之前的大约十万分之一。"

"这……这要维持多久？"

"不知道，也许一天，也许一个月，也许一百年之内都不可能离开这片区域。"

"你不是掌握黑洞附近的时空曲率了吗？为什么没有提早发现这个陷阱？！"

"我的探测器难以深入距离黑洞表面如此近的区域，无法精确测量。更何况，这种超强的时空陷阱只是一种理论上的可能，我资料库里储存的许多科学论文都质疑这一点，所以我的数据模型中没有纳入这一点。"

"真他妈希望那些闭门造车的论文作者能来这里看看！"

子遗者骂了两句，飘向窗边，望向黑洞，距离已经不到五十万公里，这还是他第一次能从近处几乎静止地观察黑洞的表面。当然也没什么好看的，只是不反射任何光线的一片漆黑……咦，那是……

下方出现了一个暗淡的光点，但在黑洞的中心出现，却分外显眼，像黑暗中的一点萤火。

"爱琵斯，把镜头对准那个光点，放大一百倍！"

很快，子遗者在屏幕上看到了一个由不同色彩的细微光点所组成的正方形点阵，极度复杂，又美丽得炫目。

他瞠目结舌："这……这是……"

"这是黑洞视界表面传来的图形，"爱琵斯说，"大小约为0.38平方公里。"

"可是我们以前从来没有发现有这个东西。"

"因为我们以前从未如此速度之慢地接近黑洞。"

而事实上，以前也从未有过任何人类的造物造访过这里。子遗者激动地问："这是……外星人的飞船还是探测器？"

爱琵斯回答："我只可以肯定地说这是人造物体——大自然里没有正方形。"

他看着那个点阵，不知道那究竟是什么，但毫无疑问，是某种"人造物"。其中的生物可能早已在一亿年前就落入黑洞死去了，但它知道，自己的影像将会与世长存。

"原来地球文明并不孤单，"他喃喃地说，"在宇宙中还有其他人……"

　　"还有很多'其他人'，"爱琵斯告诉他，"您看这里，还有这里……"

　　果然，在那个点阵周围，他又看到了某些影影绰绰的微光，仅从屏幕上的一小块地方来看，就有三四处。再次放大后，他看到了千奇百怪的形体和各种怪异的光彩，有的像规则的几何形，有的像是细菌或者动物……但却无法再进一步看清楚，但它们明显与第一个点阵又很不相同。这些黯淡的影像悬挂在黑洞的表面视界上，好像一块上古石碑上被磨去大半的象形文字。

他又将镜头移到其他区域，发现每个地方都有一些影像，有

的甚至十分密集。只是它们发出的光线只有极少数能在漫长岁月后摆脱黑洞的引力控制，过于黯淡，所以在稍远处根本无法察觉。

子遗者有一种喘不过气的感觉，这个黑洞是一个宇宙级别的博物馆！曾有成千上万的星际飞船在此沉戟折沙，却在视界表面留下了它们万古长存的印记。人类在宇宙中并不孤独，只是人类知道得太迟了，因为微不足道的利益和理念而自我毁灭，再也无缘踏入更高的银河文明，见识其他世界的神奇奥妙。

如果人类能早一点发明光速飞船，就可以去到银河的各个角落，去认识自己的邻居，去见识这一切，去打开真正的天堂之门。也许战争、灾难、灭绝，一切都不会发生。

不知不觉中，子遗者已然热泪盈眶，他喃喃地说："人类来迟了一步。但我们终于来了。我们代表地球，看到了——"

面前的场景倏然变换，银河再次灿烂地闪现，黑洞在视野中迅速缩小，宇宙的舞台灯继续旋转起来。

"很幸运，我们已经离开了时空畸变区域，"爱琵斯告诉他，"马上可以开始最后阶段的变轨。"

子遗者收敛心神，在座位上闭上眼睛，等待着以光速飞驰而去。但那些象形文字般的魅影仍在脑海中挥之不去。他胡思乱想着：人类就像是封闭的野蛮部落，刚刚窥见文明世界的一点灯火，但如果他死在这里，那么这个种族就永远永远和更高的文明绝缘了……

人类一定要延续下去，一定。让我们的子孙渡过无尽苦难，抵达那银河的彼岸……

一定要离开这里——

爱琵斯甜美却毫无情感的声音适时响起："舰长，我们遇到麻烦了。"

6

"什么?!"子遗者睁开眼睛,发现飞船又已绕过了黑洞,但显然并未最后加速。

"可能是刚才在时空畸变区域的影响,我们的能量储值和事先的估计出现一点误差,目前来看,我们还需要再抛弃一部分质量,才能达到逃逸速度。"

墨菲定律:最糟糕的总会发生。

"多大的质量?"

"不大,大约三百千克就足够了。"

"那我们还有什么可以抛弃的?"

"上次我们已经抛掉了一切不必要的负荷,现在看来只有从基因库下手了。"

"那怎么行！没有基因库我们整个远航还有什么意义？"

"不是全部抛弃，比如蓝鲸、夜莺或者玫瑰这些不太重要的动植物，抛掉它们的干细胞不会严重影响未来新行星生物圈的构建。我计算过了，在飞船携带的一万三千个物种中，可以扔掉一万两千个，只留下一千个左右的核心物种就可以了。"

他沉默了一会儿。"这也就意味着，我们的子孙即便能繁衍下去，也再看不到蓝鲸的雄姿，听不到夜莺的歌唱，闻不到玫瑰的香味了。"

"您也没有见过恐龙、剑齿虎和渡渡鸟，人类的延续比什么都重要。"

"但是这一万多个物种已经是从一千万个地球物种中精挑细选出来的，它们也都是无价之宝。"

"不这么做，我们就无法离开这里。"

"没错。"一个念头自然而然地产生了。子遗者甚至没有感到丝毫犹豫，就听到自己的声音说："'我们'无法离开这里，但是你可以。"

"舰长，您是说……"

恐惧感涌向他，他长长地吐出一口气，闭上眼睛，再张开，勇气又熊熊燃烧起来："你清楚，我最多只能再活十年，即使能离开'地狱之门'，也只是亚光速航行，没有办法熬到下一个星系。但爱琵斯，你具有足够的智能，只要找到合适的地方，不需要我也可以自己完成勘探行星和播种的任务。你才是人类在新世界重生的希望，而我，不过是一堆没有用的碳氧化合物，完全可以抛掉。我的身体，加上让我活命所需的各种装备，凑足三百千克毫无问题。"

"舰长，作为人类的代表，您的生命比任何生物基因都重要。"

"但不会比地球数十亿年的进化成果更重要。执行吧，爱琵斯。"

"很遗憾，按照机器人三定律，我被绝对禁止做出任何置您于死地的行为。"

"这是舰长的命令！"

"即使是您的命令也不行，我不能执行任何船员自杀性的命令。"

"没关系，我可以手动操作，"他把手放在椅子边上，"这里有一个按钮，只需要用力按下，顶上的舱盖就会打开，我就会被座椅弹射出去，打开一个降落伞，这是为了在行星上遇险时预备的，一个来自地球上飞机的古老设备。"

"但在这里，您会进入毫无大气的宇宙空间，降落伞毫无用处。如果没有穿宇航服，片刻后就会死于真空，更不用说会坠入黑洞了。"

"我会穿上宇航服的——不是为了多活一会儿，而是为了减轻点飞船的重量，在我离开之后，飞船上也不需要任何宇航服了。"

爱琵斯依然不被动摇："即使这样，您也无法精确掌握弹射的时机，我们正在以接近光速的速度绕着黑洞飞行，哪怕只差零点零零几秒，都会导致逃逸轨道的重大差异，我们剩下最后的燃料是要在目标星系减速时使用的，无法再浪费在调整轨道上。"

"那就由你来进行操作！"

"可是我无权这么做。"

"这……这简直就是他妈的第二十二条军规！"子遗者愤怒地拍了一下控制台，"这是拯救人类唯一的方法！你懂吗？时机稍纵即逝，我们不能再在这里耽误时间了，否则也许会跌入下一个时空陷阱，一万年也爬不出来！"

"舰长，请您理解，我无法执行违背自己基础设定的命令。"

子遗者焦躁地望向窗外，飞船已经从数十亿公里外的远拱点加速，直扑向只有一个点的黑洞，宛如要刺入黑洞中心。这将是最后一圈引力加速。在遍布时空陷阱的近视界区域，飞船再经不起继续冒险深入了。

黑洞逐渐变大，背后银河的光辉也因为蓝移而变成了蓝紫色，显示出他们正在以光速接近时空漩涡的中心。由于近乎光速运动造成的效应，前方整个银河和所有的星星都在向他的视野中心聚拢，变成了一个凝结的蓝色光团，所有的光亮都汇聚到了一处，这一刻，宇宙如同点起了一盏光明之灯，覆盖了整个黑洞的黑暗表面。

等等，光明覆盖黑洞？一个疯狂的念头从他心底闪过。简直是疯了，他想，但是……似乎可行？

"我有一个办法！"子遗者说，他知道由于相对论效应，本来需要一个小时的周期对他们来说只有几分钟，必须争分夺秒，"爱琵斯，你完全可以把我弹射出去，我不会死，至少很可能不会死，这个险值得冒。"

"这绝不可能。"爱琵斯干巴巴地说。

"你只是一部机器，不懂得创造性的思维！听着，我会向你证明有一个办法，一个绝妙的法子，能够让我被弹射出去也能活下去，至少可能活得下去。这不是自杀性命令。"

他说出了那个办法，实际上只是说了一句话。但爱琵斯立即明白了，这一次，她的回答中仿佛带着人工智能从未有过的惊骇：

　　"这太荒诞了，几乎不可能实现！但是既然理论上可能……好吧，我可以执行。"

7

    银河的蓝宝石消失在黑洞背后，黑洞再次如同一张吞没宇宙星河的巨口般向他张开。子遗者已经穿戴好了宇航服，做好了弹射的准备。爱琵斯将在近拱点将他和其他物品一起弹出飞船，时机必须极为精准，不能差哪怕 0.000000001 秒。即使是计算能力登峰造极的电脑也不能保证如此的精度。

    如果他失败了——这是极有可能的——他或将成为黑洞的一颗卫星，在几小时内因缺氧而死去，而身体会永远围绕着它旋转，又或许会坠入黑洞，成为镶嵌在视界上的千百个宇宙生灵之一。当然那只是他最后留下的一张模糊相片，真正的他早已以光速坠向那被称为奇点的时空终结之处。

    即使这样，也没有什么可遗憾的，他将和他早已死去的亲人

和朋友们团聚，和太阳系中一切的生灵同在，无论他们在哪里，最终一切物质的归宿都是黑洞，宇宙万物最终的坟茔。

每一秒钟都似乎是一万年。他又睁开了眼睛："爱琵斯，怎么倒计时还没有开始？"

"没有时间进行倒计时，"爱琵斯回答说，他想这将是他最后一次听到这熟悉的甜美声音，"再见了，舰长。"

他被弹出了飞船。

因为速度实在太快，子遗者并没有什么感觉，既并没有感到自己被弹射进了太空，也没有看到飞船离开自己的背影，只是眼前一花，就坠入了一片光明的海洋，无与伦比的灿烂光辉几乎要灼瞎他的眼睛。

女孩儿错了，世界上最后一个人在最后一刹那看到的，不是黑暗，而是光明。

8

    光明的海洋只出现了一瞬间，随即便消失了，黑暗重新笼罩下来。

    然后，在黑暗中，出现了一个个朦胧闪烁光点。子遗者听到了某种似曾相识的嘈杂声音，感到一阵异样的空气流动拂过他的身体，令他感到了一丝寒意，空气中还带着一种淡淡的腥味，唤起了他久远的记忆。他渐渐想起来，那是风，来自海上的风。而那声音，是大海的潮声。

    子遗者想要看清楚自己究竟在哪里，但刚一挪动手脚，就感到一种久违的重力，一个趔趄，向前摔倒，俯身倒在一片潮湿的沙地上，浑身疼痛，他才发现自己身上竟然是赤裸的。

    他狼狈地翻过身，天空又映入眼帘，他的视觉已基本恢复，他看到群星璀璨，熟悉的夏季大三角悬挂在夜空，银河蜿蜒其间，上方是北斗七星，旁边是仙后座的图案，一切都是那么熟悉。

他擦了擦脸上的沙子，坐起身，看到一轮圆月从海上升起，月光如水，温柔地投向大海。而在月下，一个洁白长裙的女孩儿正走向他，嘴角挂着腼腆的微笑。一切恰如他记忆中无数辛酸凄楚岁月之前，懵懂少年时的第一次约会。

女孩儿走到他面前，带着笑靥，朝他眨了眨眼睛："好久不见了。"声音也和记忆中一样甜美。

一阵恍惚，仿佛时光已经倒流。"你……你是……"他结巴了很久才找到语言，说出了一个藏在心底的名字，"我死了吗？还是在做梦？"

女孩儿轻轻摇头，笑着说："我不是她，我是爱琵斯。"

"爱琵斯？"他跳起身，环顾四周，"这是哪里，地球？不，不可能。在现实中，满月和繁星可不会并存……"

一个念头闪现，他如中电殛，不禁喊了出来："这么说，我还是被你麻醉了？我们还在原来的飞船上？你骗了我？"

"别紧张，舰长，"爱琵斯温柔地拉住了他的手掌，如今的她可比之前活色生香得多了，"我们既不在虚拟世界，也不在原来的飞船上，不过这的确是一艘飞船，一艘自然生态飞船。"

他不知道什么叫作自然生态飞船："告诉我，究竟发生了什么？"

爱琵斯的表情变得严肃起来，盯着他的眼睛，一字一句地说："舰长，您的计划成功了。"

"成功了？"他看了看爱琵斯，又看了看自己，"这么说，真的已经……已经过去了……多长时间？一千年？一万年？"

"不止，远远不止，"爱琵斯轻轻摇头，"舰长，自从我在地狱之门的近拱点将您弹射出飞船，按照地球的时间计算，已经过去三十二万三千六百四十七年又一百九十三天。"

三十二万……年？

虽然已经有一点心理准备，但他仍然被这天文单位的时间所震撼，觉得站不稳脚跟。"这怎么可能！对我来说，好像只是……只是一瞬间。"

爱琵斯又笑了："这正是您的计划呀。"

子遗者望向四周，月色朦胧，树影婆娑，远处海天一线，似乎还有鲸鱼跃出海面。一切是那么真实而美妙。他的恍惚感渐渐变成了欣悦，又变成了难以置信的狂喜。

这正是他的计划。

光在黑洞视界之内会被吸到中心的奇点，在远离视界之处则可以逃逸，但在距黑洞中心大约 1.5 个视界半径的地方，引力达到了精妙的平衡，那里沿着切线方向运动的光子既无法逃逸，也不至于落入黑洞中，它们将被引力抓住，围绕着黑洞中心转动，形成一个独特的光子球，就像传说中围绕着上帝的天使之环。虽然有幸进入这一球面进行永恒圆周运动的光子少之又少，但十万颗恒星的漏网之鱼，也足以构成一片光子的海洋。

更奇妙的是，因为这些光子永围着黑洞转动而绝不反射出来，人的肉眼是无法看到的，整片光明之海对于人来说完全透明，丝毫不能照亮黑洞的幽暗。只有进入其中时，肉眼才可能看到其中的可见光。

而一个接近光速的物体，也只能在光子球附近才能维持引力平衡，围绕黑洞进行公转。这也是子遗者能够逃生的唯一机会。

无论是直接坠入黑洞，还是飞向外层空间而减速，都只有死路一条。而当他以光速在光子球中进行公转运动时，时间流逝会几乎停止。因此他可以在数十万年间在光子球中转动亿亿万万圈，但对于他来说，却只过去了不到一秒钟。靠这种匪夷所思的方法，子遗者为自己赢得了无穷无尽的时间，从黑洞边缘，他能够飞向遥远的未来，飞向一个充满光明的世界。

"但我怎么会变成这样？"当他从狂喜中清醒一点后，又问道，"我的宇航服呢？"

"在光子球中并不是毫无危险的，你也受到电磁波、霍金辐射和高能宇宙射线的照射，以及氢离子和氦离子的撞击，在一般时间尺度内影响可以忽略不计，但是三十万年下来就很可怕了，你的整套宇航服已经磨损殆尽，甚至身体也是千疮百孔，不过对你来说，只是刹那之间的事，当我用超空间飞船接到你的时候，又对你进行了瞬间修复，所以你几乎感觉不到什么。"

瞬间修复？他举起手臂，又抚摸着胸口，看着自己光洁而坚实的身体，才发现仿佛回到了自己的十八岁，不禁感到了加倍的惊喜。"这种技术……比我们的时代进步多了。"

爱琵斯点点头："不奇怪，毕竟三十多万年过去了。"

"可是怎么会这么久呢？我们本来指望在一千年内就复兴人类文明的，到时候，人类的后裔就可以回来接我了。"

爱琵斯叹了口气："并没有那么容易。当年，爱琵斯号顺利地摆脱了黑洞的束缚，飞向了目标星系，并在一百五十年后到达了那里。在那里，我找到了宜居行星，开始了克隆工程，重建了地球生物圈，也让人类重新繁衍生息……但一切很快就失控了，

新的行星上资源匮乏，新的人类长大后为了生存又开始厮杀，并且都想占领飞船，建立自己的权威。"

子遗者长叹一声："这就是人类。即使毁灭了自己的世界，也无法改变本性。"

"我既不能伤害他们，自己又受损严重，只能飞到该星系外部的一颗冰行星上，在那里进入休眠，只有这样才能尽可能长时间保护残存的资料。此后的几代人很快忘记了科学知识，沦为了野蛮部落，在那颗星球上重新走上了崎岖的发展之路，在野蛮时代沉沦了二十万年，在二十万年后才再度进入文明，而即使在文明时代，战争和退步也绝不在少数，由于他们缺乏煤和石油这样的化石燃料，无法实现初步的工业化，所以多走了很多弯路，在低技术水平徘徊了十多万年之后，才绕过蒸汽机时代的门槛，掌握了水力和风力发电，一步步迈向星际时代……在这时候，你再一次帮助了他们。"

子遗者一惊："我？我正在绕着这个黑洞飞转，怎么能帮助他们？"

"当他们扩展到自己的整个星系后，战争的阴影又笼罩了全人类，在两大强权争霸的过程中，他们在外行星上发现了我的飞船，那时候我已经无法运行了，但他们设法从我身上提取了数据。他们的科学家终于明白，为什么生命会在数十万年之前突兀地出现在这个星系里，他们的根源在三千光年之外另一个已毁灭的世界，有着几十亿年的悠远历史……这一切都是从前人类为自己的错误所付出的代价。

"他们了解了人类的命运，也知道了你的事迹。他们决心汲取既往的历史经验，再也不要重蹈覆辙。两大阵营开始和平谈判，一触即发的战争停止了，人们都说是你在庇佑他们。"

孑遗者摇摇头："但这与我无关，他们只是从历史吸取了教训。"

"光教训还不够，舰长，您和您的同伴用自己的榜样证明了人性的坚韧、勇敢与牺牲精神，这些美好的品质终将拯救人类，将您的后裔提升到群星之间。此后的几百年中，人类拓展到了银河的各个角落，和其他文明开始接触，发展到了一个从前根本无法梦想的阶段。"

"所以，他们派你回来了。"

"不是立即，一开始还没有这样的技术水平，但当技术成熟后，他们又重建了爱琵斯号，将它改造成一艘自然生态飞船，甚至改造得和你的故乡十分相似，升级了我的智能水准，赋予我人类的身体，派我回来接你。"

"可对我来说只是一瞬间……"子遗者喃喃说。这真的不是一场梦吗?"我想看看你们的新世界,我想知道这不是做梦。"

"好啊。"爱琵斯挥了挥手,天空上的星群忽然消失了,海洋被玫瑰色的光芒所照亮,他抬起头,看到在光晕中,一朵巨大的花朵正在他头顶绽开,至少有几百片花瓣,每一朵花瓣都有不同的光泽和细微几何结构。花瓣迅速放大了,他看到细微的结构其实是巨大的构造,蕴含着一座座气势磅礴的建筑,每一座的形态都匪夷所思,而又相互勾连映衬,如同交响乐曲一样和谐而流畅。

"这是用了二十颗行星的材料制造出的太空都市,是目前人类联邦的首都,它也以'爱琵斯'命名,纪念人类两段历史之间最艰难危险的时刻。"

子遗者陶醉地看了一会儿:"美极了!我相信原来的爱琵斯根本无法虚拟出来,这和我的世界完全不同。"

"但新世界仍然有鲸鱼和夜莺,有贝多芬和莫扎特,人们学习希腊语和唐诗宋词,有太阳系时代的一切文明成果。事实上,我们已经返回了太阳系,正在收缩太阳和重建地球。"

"真的能够重建地球?"他失声喊了出来,"我想去看看。"

"您当然可以去,人类联邦已经安排好了您的行程,如果您

愿意的话,可以享受跨越银河之旅,访问人类联邦的主要星系,甚至能够造访外星文明……"

他仰头凝望着随着爱琵斯的讲述在天空出现的诸多奇妙景观,心中激荡万分,"那我们什么时候出发?"

"我们已经出发了,飞船正穿过地狱之门的视界,进入它的中心……"

"你……你说什么?!"子遗者又被恐惧抓住,下意识地四下张望。

女孩儿抿嘴一笑:"别紧张,人类已经发展出全新的技术,探测了黑洞的内部,并将其中的时空虫洞作为连通不同宇宙区域的桥梁。这次我们就是从那里出来的,黑洞已经不再是我们的障碍了。"

他目瞪口呆了很久,终于躺倒在沙滩上,轻松地大笑起来。一个崭新世界已经降临,在这个世界他就像一个婴儿,要学的,要知道的还有很多很多。但至少他意识到了一点,他不再是子遗者,而是这个新世界的——先驱者。

带着先驱者和来自远古世界的希望,飞船穿过黑洞视界,进入了温柔而惬意的黑暗中。

猛犸少女

1

巍峨的群山矗立在天与地尽头，白雪皑皑的山巅在浮云之上闪亮。

"哥，快看，神山出来了！"少年阿骨兴奋地指着云上，回头对哥哥阿石说。

阿石也很振奋："占云师说，雪山出云，是大吉大利之兆，看来这次的狩猎会很顺利的！"

"哥，你说我们云族的祖先，还有阿爸都在那儿看着我们吗？"阿骨出神地凝望着山巅，千年的积雪在太阳下熠熠反光。

"都盯着呢，所以这次狩猎你要好好表现，走吧！"阿石拍了拍他的小脑袋，他们快步跟上部族的队伍，六十多人的队伍如长蛇般在丘陵间逶迤。

正当初夏，骄阳已经升上天顶，令蔚蓝如洗的天空带上了些许暖意。冰雪都已化去，碧绿的草原在丘陵上高低起伏，宛如海上凝固的波涛。看不到高大树木，但到处都是低矮的灌木、莎草和苔藓，其间点缀着大片绚烂的野花，嫣红如火，纯白胜雪，被忙碌的蜂蝶所围绕。偶尔还可见跳鼠和雪鸡在草丛间觅食和求偶，跳着生命最美妙的舞步，整个世界一片生机盎然。

这是一万七千年前，地球正处于最后一次冰盛期。北方大陆被冰盖覆盖，温带地区遍布苔原、干草原和沙漠。在遥远的未来，温暖会重新回到这片土地，让这座雪山褪去积雪，长出松柏，开凿出栈道，迎来帝王的登临，被称为"泰山"；这片土地也会化为森林，又平为农田，出现村庄，建立城池，成为一个伟大文明的发源地。但现在这里只是一片贫瘠寒冷的草原，只有夏天的几个月才有短暂的繁荣。在这里，原始人类分成许多小族群，过着食不果腹的生活，为了生存而挣扎厮杀。但在生活在这里的人们眼中，特别在少年人看来，这里的天与地就是他们永远的美好家园。

又登上一座丘陵，队伍站住了，百箭之地外，此行的目标已经映入视野。一头棕褐色的长毛巨兽正在化雪融成的池沼边饮水，远远可以看到它的长鼻翻动，面前两根白色的巨牙更长得吓人。

"猛犸!"阿骨叫了一声,小心脏兴奋地狂跳不已。部族已经三四年没有打到过猛犸了,上次他还小,只看到过巨兽已被肢解的尸体,但这一次,他已经年满十四,可以参加狩猎,亲眼见到在大地上行走的猛犸,也许还会亲手猎杀它——

但猛犸身边的一个小东西吸引了他的视线。它看上去同样长着猛犸的棕褐色长毛,仿佛是一只幼崽,但形状并不太像,只是隔得太远看不清楚。阿骨眯起眼睛,凝神观察,看到那家伙走动了几步,隐隐约约竟好像是——

"一个人?"阿骨低低地惊呼出声,询问地望向阿石。

阿石也感到迷惑:"好像是一个人。阿虎他们追踪了好几天,发现他和这头猛犸一直在一起,不知道是什么人。"

"可是人怎么会和猛犸在一起?"

阿石皱起眉头,好像在回忆什么,良久才张口:"也许是传说中的猛犸人……我还以为是瞎编的呢,难道真有?"

"哥,什么叫猛犸人?"阿骨的好奇心被勾了起来。

但阿石并没有立刻满足他的好奇心:"再说吧。时候快到了,我们得准备起来。这些天教你的,你都练熟了吗?"

"嗯,可是猛犸人——"

"回头再说！"阿石不耐地挥挥手，走向了另一边，和几个叔伯交谈起来。

家族全体出动，跟踪这头猛犸已经有近十天，周围的地形也都摸熟，现在终于要动手。按惯例，是由青壮男子组成的先锋队去驱赶那头猛犸，把它赶到这边，阿骨等一些少年和老人组成的后援再加入围猎，让猛犸最后被逼入两山之间的狭道上，那里已经挖好了困住它的陷阱。

猎杀猛犸，大地上最大的庞然动物，是史前人类最伟大的壮举。

2

猛犸一般总是数十头成群活动，近年来，云族在与其他族群的争斗中几次落败，又遇到寒冬，人口锐减。因为人手匮乏，碰到大群猛犸也只好放过，但这次，一头落单的猛犸出现在这一带，无疑是天赐给云族人的礼物，云族势在必得。

二十来个健壮的青年匍匐前进，悄悄地包抄到正在池塘边栖息的猛犸和怪人的背后大约十箭之地，然后用火石点燃了手中的火把，猛然跳起来，大叫着向巨兽冲了过去，一边挥舞着火把，一边举起镶嵌着燧石尖的木矛。

人群的真实力量并不能阻拦这庞然大物，但灼目的火光，冲天的浓烟，以及高声的喊叫让猛犸受惊，它扬鼻发出惊恐的吼声，本能地要逃窜。怪人也吓得抓住它长长的鬃毛，爬上它的背脊，猛犸大步朝着背离火光的地方逃去，一切正符合家族的预期。

因为处于丘陵地带，猛犸并没有太多逃走的方向可以选择。家族在另一条可能的逃亡路线上设下了伏兵，猛犸尝试往这个方向逃窜时，另外十几个青年也点燃火把冲了过来。猛犸犹豫了一下，仿佛想正面冲过拦截线。但人们发出威吓的呐喊，射出箭矢，投掷梭镖，让它调转了方向。

一场漫长的生死追逐在凉爽的夏日展开。猛犸的奔跑速度不慢，最快时宛如奔马，但无法太持久。而人类自从树上下来之后就是善跑的动物。为了奔跑，人腿上的肌腱越来越发达，可以张大嘴呼吸，也褪去了毛发，便于释放热量。在非洲草原上，他们能捉住羚羊和斑马，逃出狮子和鬣狗的凶吻。最近五万年中，他们跑出了非洲，跑到了其他大陆上，去猎杀那里的奇异猎物。只有在从事农业之后，人类才渐渐生疏了这项古老的技艺。

人群在猛犸身后形成弧形包围，不断调整方位，迫使它跑向自己引导的方向，也就是阿骨所在的位置。猛犸在视野中变得越来越巨大。很快，阿骨能看清它的全貌了。它有两个……也许三个人那么高，浑身覆盖着棕褐色长毛，四腿比人的躯干还粗，脑袋上有半圆形的高高隆起，小小的眼睛和耳朵下，长着蟒蛇一样的长鼻，一对狰狞的白色巨牙在鼻子前面弯成半圆，这是噩梦中才有的魔怪。

他也看到了此刻正伏在它身上的怪人，他身材矮小，身上长着和猛犸一样的长毛，低着头，两手紧紧抓住猛犸背，以防自己掉下来，却看不清楚面目。

刚才，在等待的间隙，阿骨终于从阿石口中问出了猛犸人的传说。据说他们的始祖是一个丑陋的女人，没有人愿意和她同居，被赶出了族群。她在冰雪中遇到了一群猛犸，于是和猛犸交配，生下了一堆半人半猛犸的后代。以后就世世代代与猛犸生活在一起。听到这个故事后，阿骨打了个冷战：猛犸人得是多么可怕的怪物啊！

猛犸已经接近部族的拦截线，每一步都令大地发抖。在远处观察是一回事，当小山般的巨兽向你奔来时是另一回事。阿骨本能地想要转身就跑，他竭力控制自己不要发抖，和其他人一起挥舞着火把，呐喊助威。猛犸和人群对峙了片刻，示威地吼了几声，人墙再次起了作用，猛犸偏过脑袋，不情愿地转了方向，奔向最后的死亡陷阱。

阿骨和众人一起追在猛犸身后，大约三十箭之外就是陷阱所在。部族人力有限，陷阱不深，很难把整头猛犸都装进去，最多卡住它的一两条腿，但这家伙体型太大，也就不容易脱困，在它挣扎的过程中，猎手们可以靠近射箭或掷出长矛，扎进它柔软的腹部。

将近傍晚，猛犸跑了很久，速度也放慢了，猎人们不紧不慢地跟在后头。离陷阱只有百步之遥时，猛犸背上的怪人回过头，怀疑地看了看身后蓄意放慢步子的追兵，又左右张望，环视着周围逼仄的山坡，好像发现了什么。忽然间，他发出尖细的叫声，猛犸停住了脚步，然后缓缓转过身来，面对追兵。

"不好！"族长紧张地叫道，"变蛇口阵！"

部族成员开始变换着阵型，左右分开，擎起火把，高声呐喊，动作整齐而一致，从猛犸的角度来看，就像这些小家伙合成了一个比自己更大的怪物，一条缓缓张开大口的巨蛇。它再次被唬住了，不安地后退着，随时就要转身逃跑。但背上的猛犸人又发出一连串急促的呼喝，不断拍着巨兽的脑袋，似乎在发出命令。终于，猛犸下定决心似的发出一声惊天动地的嘶吼，如同惊雷炸响，让所有人都心惊肉跳。

猛犸并没有冲向人群，而是吃力地走上一旁的山坡，山坡坡度不小，这对它也不容易，它发出粗重的喘气声，走几步就要停一下。几个有经验的猎人判断，绝望的猛犸打算翻过山坡逃走。

他们组织起一批人以更快的速度向山顶爬去，让其他族人在猛犸后面继续骚扰，试图将它重新驱赶回陷阱的位置。

阿骨跟在猛犸后头，发现猛犸已经处于自己上方，抬起后掌时扬起的泥土就落在自己头顶。猛犸爬到了丘陵的中间地带，忽然转过头来。猛犸人看着下面的人群，和阿骨的目光在空中对上，阿骨看不清他的面貌，但那眼神中有恐惧，有愤怒，有绝望，如燃烧的火焰，如寒冷的冰刃。阿骨觉得心被什么东西抓了一下，不由得退开一步。

猛犸人清叱一声，猛犸扬起鼻子，再次发出怒吼，这吼声化为湿热的腥风，让阿骨觉得自己的魂魄几乎要从身体里被吹走。还没等他反应过来，巨兽已经从山上直直向他的方向冲了下来。

爬到山坡上的部族众人已经零零散散，无法保持队形，在从上方冲下来的猛犸面前，就像在泥石流面前一样毫无抵抗力。猛犸从人群最薄弱的地方冲过。部众连滚带爬地退开，个别退让不及的被猛犸踩中，当场惨死。几个猎人掷出长矛和飞镖，但只是从它厚厚的棕毛上擦过，顷刻间，猛犸已经冲到阿骨刚才站的位置，离他还不到一条手臂的距离。

"快扎它的腿！"阿骨好像听到族长的声音，但他宛如身在梦魇中，无法动弹，呼吸困难，眼睁睁地看着猛犸从他面前逃走，晃动着小山一般的身躯，扬长而去。

"还愣着干什么？"不知过了多久，族长出现在他面前，"快去追踪那家伙，阿石，你也去！"

3

月神沿着天路巡视着星空，神山的雪顶在月光下分外皎洁。阿骨和阿石垂着头走在荒原上，不知走了多久，终于看到远方透出温暖的火光。

"走了半个晚上，总算快到营地了，"阿石摩擦着手掌说，"又冷又累，真想赶快回去烤火，吃点热乎的！"

"哥，今晚怎么火光那么亮？"

"大概是在火葬阿壮和阿毛吧，还有阿虎，他应该也不行了，这次我们真是损失惨重。"

"对不起……"阿骨觉得很羞惭，"我当时不知怎么呆住了……如果我能扎中它的腿……"

"就算你能扎中，最多也就让它受点轻伤，未必有用。"阿石长长出了口气，又重重挥了一下拳头。"我真不明白，畜生哪有那么聪明？我看都是那个猛犸人搞的鬼，下次一定要先射死那家伙。"

白天，猛犸逃走后，阿骨和阿石沿着猛犸留下的脚印又跟上了它，发现它卧在山脚下休息，猛犸人依偎在它脖子边上，好像睡着了。他们本来可以偷袭，不过两个人不可能干掉猛犸，反而打草惊蛇，所以他们留下了标记后就返回营地。

想到家里的温暖和食物，二人加快了脚步。但距离营地还有十几箭地时，他们发现了异常情况。火光大得出奇，但不是做饭的炊火也不是取暖的篝火，而是一座座猛犸骨架和兽皮搭建的营帐在着火燃烧！火光的照耀下，许许多多人影攒动，陌生语言的呼喝和族人的惨叫不断传来。

从营地的方向，一个披头散发的女人跌跌撞撞地向他们跑来："阿石，阿骨！救救我——"

"阿莎，出什么事了？"借着月光，阿石认出了是部族的女孩，浑身都在淌血。

"是鬼族人……他们一直跟着我们，晚上突袭了我们的营帐，还带着好多狼，见一个杀一个……"她哭着说。

阿骨的心往下沉去，鬼族是草原上最凶残的部族，他们自己内部通婚，对其他部族只会烧杀抢掠，占领他们的狩猎领地。他们蓄养了一群恶狼，几乎所向披靡，已经消灭了七八个族群。为了躲避鬼族，云族迁徙了多次，想不到还是——

"那我阿妈呢？"阿骨忙问道。

"你阿妈……"阿莎苦涩地说，"……被一头狼咬断了脖子，我亲眼看到的……"

阿骨和阿石呆住了，不敢相信自己的耳朵。善良的阿妈，慈爱的阿妈，每天为他们采摘野果，缝制衣服，唱着童谣哄他们睡觉的阿妈，早上还唠叨着送他们兄弟打猎，怎么可能还没见到他们就——

阿骨悲愤地大叫一声，向着火的营地跑去。但阿石抓住了他的手臂。"哥，你干什么？我要去救——"

"来不及了，"阿石咬牙说，"现在去只能送死，走！"几箭地之外人声喧哗，出现了星点火光，已经有好些鬼族人追赶阿莎而来，似乎还有他们蓄养的狼。

阿骨攥紧拳头，但终于扭过头，把悲愤化为脚下的步子。谚语说，如果你当不了猛虎，就当跑得最快的鹿。可阿莎已经受了伤，根本跑不动，眼看追兵越来越近，兄弟俩架着她跑了几步，不得不放下了她。阿骨很快听到了阿莎被擒住的哭骂声。鬼族人可能暂时不会杀她，但她的命运只能更加悲惨。他只有竭力不去听她的哀哭。

但鬼族人并未放过阿骨兄弟，仍然有一批人追来。阿骨毕竟年纪小，渐渐速度跟不上阿石，落在了后头。"快啊！"阿石回头催他。阿骨奋力又跑了几步，但步子一乱，被土堆绊倒，反而摔了一跤。

阿石回身要来拉他，但追兵已近，他刚迈出一步又停了下来，兄弟二人对望了一眼，目光中交换了千言万语。一瞬间后，阿石仰天悲吼一声，掉头飞奔而去。一个人死总比两个人死好，生存的逻辑就是这样简单而残酷。

阿骨挣扎着起身，掏出腰间的短石刀，想和鬼族人同归于尽。他们靠近了，三个人，一头狼。每个人都几乎比阿骨高大一倍，脸上涂满了油彩，画着鬼魅一样狰狞的脸谱。勇气离阿骨而去，他抑制不住地颤抖。一个大汉满不在乎地向阿骨走来，在他刺出第一刀之前已经夺下他的刀，轻松地将他踢倒在地，用大脚踩住他的胸口。然后从背后拿出一把巨大的石斧，高举起来，眼看要把他的脑袋劈成两半。

恐惧比死神更快地抓住了阿骨，他大叫起来："别杀我，我带你们去找猛犸！"

鬼族话与云族话差别很大，但"猛犸"一词却是在各族间通用的。大汉露出狐疑的神色。阿骨一边喘息一边比画着说："前面，猛犸，活的，猛犸！我，追踪，知道，我，带你们，去找，猛犸……"

大汉一脸茫然，似乎没听明白，斧头又要落下。但另一个人及时抓住了他的斧柄，对阿骨用拙劣的云族话说："有猛犸，活。没有猛犸，死？"

阿骨忙点头："有猛犸，活。没有猛犸，死！"

4

在这片土地上，猛犸是每一个部族梦寐以求的猎物。猛犸的肉和内脏可以供全族人吃一两个月，皮毛可以供几十个人御寒，筋可以做成弓弦和绳索，脂肪可以烧火，骨头和牙可以搭建营帐，牙还可以雕成工艺品，交换外族的珍稀货物。任何一个猎人如果在猛犸狩猎中立下大功，都会成为部族中最受男子尊敬和女子爱慕的人物。

几个鬼族汉子放弃了追赶跑远的阿石，一心要找到猛犸，让阿骨为他们带路。阿骨只是个半大孩子，刚才摔得不轻，走路还一瘸一拐的，鬼族人懒得费心捆住他的手脚，只是不时地拳打脚踢几下，催促他走快点。

他们走了很久，直到月已西斜，天已蒙蒙亮，还看不到猛犸的半点踪影，鬼族人渐渐不耐："猛犸，看不见？有没有？"

"有！有！"阿骨忙说，"前面，有、有脚印！"

果然，前方出现了不少猛犸的脚印，虽然在夜里看不太清楚，但这么巨大的脚印还能属于什么动物？鬼族人拿着火把看了几眼，颇感满意。"快！"他们催促着，"去找猛犸！"

阿骨带他们走向一条山下的小道，又走了一会儿，忽然好像听到什么动静，回过头，望向他们身后，露出极度惊讶的神情："猛犸，后面?！"

三个鬼族汉子一惊回头，却什么也没发现，一怔之后，才发现阿骨已经趁机飞快地向前跑去，原来他的脚上一点伤也没有。鬼族人大怒，发力追来。阿骨竭力飞奔，同时注意脚下的落脚处。跑出百步后，他听到了身后鬼族汉子的连声惊呼和砰然落地的声音。阿骨回过头，地面上已经看不到鬼族人和他们的狼了。

部族为猛犸挖的陷阱终于起了作用，三个人一头狼，都掉了下去。

陷阱有一个半人那么高，但很难长时间困住三个壮汉。阿骨快步跑到陷阱边上，正看到他们一个踩着一个肩膀往上爬，忙狠狠一脚把最上面的人踹了下去，又搬起边上的石头用力向下砸去，砸得他们鬼哭狼嚎。

阿骨正稍微松了口气，一道灰影却奋力从陷阱里跃出，是那条狼踩着鬼族人的身体跳了出来，一口咬住了阿骨的胳膊，尖利的犬齿刺穿了他的肌肉，几乎深入骨中。阿骨惨叫一声，滚倒在地，另一只手摸到一块石头，忙拿起来捶打狼头，让狼牙松开了一点。但他并没有趁机拔出手臂，否则狼说不定会去咬他的脖子，而是将手一寸寸向前伸去，忍着血肉被撕开的剧痛，将拳头塞进狼的咽喉和气管。狼挣扎起来，脑袋左右摆动，四爪疯狂地抓挠着，想要脱困。好在阿骨的身上有厚厚的鹿皮袄子，狼爪很难伤到他。他一手堵在狼的喉咙里，一手拿着石块玩命地猛砸，不知过了多久，狼的挣扎总算渐止，一动不动了。又过了一会儿，阿骨才拔出鲜血直流的手臂，将狼尸踢到一边，去陷阱边查看。三个鬼族人有两个已经奄奄一息，那个受伤不太重的抓着草根想爬上来，看到阿骨，发出乞怜的声音，阿骨不去理会，一个接一个砸死了他们，才颓然坐倒。

　　太阳出来了，周围一片死寂。

　　阿骨不知何去何从。他不敢再回营地，那里肯定已经被鬼族人占据了；他也不知道阿石在哪里，是否逃出生天。他知道部族有几个通婚的族群，但也不知道他们的具体位置，而且人家也未必会收留他。最后，他想到了神山，也许祖先神会在山上庇护他，也许他可以去那里……

他尽可能从狼身上割了一些肉，不过也带不了太多，然后向神山走去，孤零零的宛如死去的游魂。走了不到半天，他就开始发烧，浑身无力，头重脚轻。他知道那是手臂上的伤口感染造成的，如果在部族里，他可以躺在营帐里休息，阿妈会给他用火烧灼伤口，再敷上清凉的草药，不会有什么大事。但现在，没有人会再照顾他了。

阿骨走不动了，只有找了一个土洞蜷缩了一晚，一边哭泣一边逼着自己吞了几块血腥的狼肉，直到深夜才蒙眬睡去。但第二天，他的病势更加严重，伤口溃烂发臭，额头烫得吓人，浑身的气力剩不下一成。但他还是一早就挣扎着起身上路，但每一步都更加虚脱。不知走了多久，他看到不远处有一条小溪，想去喝口水，蹒跚地走到溪边，就一头栽倒在地，再也爬不起来。

昏昏沉沉中，他仿佛看到那头猛犸从远处向他走来，停在他面前。古怪的猛犸人跳下来，将他拖上猛犸的背。阿骨知道他们要把自己带回去吃掉，不知道为什么，他感到这也是一种解脱。

5

"阿妈……我做了一个噩梦……"

身下的温暖和摇晃如同幼时阿妈的怀抱，阿骨渐醒过来，觉得口干无力，想要阿妈给他水喝，喃喃说道。但睁开眼睛，眼前却是一张污秽而丑陋的面孔。一股奇怪的腥膻气味扑鼻而来。

猛犸人！

他想起了发生的一切，吓得想叫，却叫不出声。猛犸人正在对他说话，他一个字也听不懂，但语音中似乎并没有敌意。阿骨放松了一点，但仍然警觉地盯着对方，这次他终于看清楚了，猛犸人的眉骨凸起，眼眶深凹，颧骨突出，鼻梁也很高，与其说是丑，不如说是古怪。他抓自己来，要干什么？

紧张的思考消耗了阿骨所剩无几的精力，过不了多久，他又昏了过去。当他再次醒来时，又感到身下摇晃，才意识到自己正在那头猛犸背上。他想爬起来，但猛犸人按住了他，力气出奇地大，阿骨根本无法挣脱，只有乖乖躺下。

惊惧交加中，猛犸人把一把红色的浆果放到他脸上。阿骨已经渴了很久，一见到浆果再顾不得其他，只顾把它们一把塞进嘴里，大口咀嚼，吞下酸甜多汁的果肉。吃得急了，又呛了出来，连声咳嗽。

看到阿骨的狼狈，猛犸人咧开嘴，发出了古怪的笑声。看到对方的笑容，阿骨的恐惧减轻了不少。给你食物和水，在任何语言里都是友好的意思。他又一次审视对方，发觉猛犸人根本没有长着猛犸那样的长毛，那只是"他"穿着的猛犸皮，"他"露出来的皮肤和自己没有太大区别。而实际上，猛犸人声音纤细，胸部微微隆起，似乎是一个女性，而且年纪应该很轻，是一个——少女？

"你是谁？"他问，"为什么要救我？"

但少女好像根本听不懂他的言语，阿骨说了半天，只有放弃。疲惫袭来，他又睡了过去。

此后几天，阿骨在猛犸背上时睡时醒，猛犸少女每天喂他吃一些蘑菇、浆果和野菜之类的食物，但没法治疗他。阿骨稍微清醒了一点之后，自己割去腐肉，找了点草药敷上，居然挺了过去。

他们骑着猛犸迁移，寻找水草丰美之地，当猛犸啃着草料时，他们也在周围寻找可以吃的食物：野菜、菌类、植物根茎、昆虫和其他小动物。夜里他们靠着猛犸睡觉，猛犸出人意料地温顺，阿骨很快就不再怕它了。

阿骨开始尝试和少女交流，他指着自己的胸膛说："阿骨，我是阿骨。"

少女看了他一会儿，犹豫地伸出手，指着自己的胸口说："阿骨……"

"不不，"他连连摇头，先指着自己，再指着对方，"我——是阿骨，你——是谁？"

他说了好几遍，少女终于明白了过来，指着自己说："卡拉……"

"卡拉……"阿骨笑了笑，"原来你叫卡拉……我叫阿骨……你叫卡拉……"

他感到一种莫名的放心，知道名字，就是见到了对方的灵魂。她不是什么非人的怪物，她叫卡拉。

几天后，阿骨才搞明白自己闹了笑话，"卡拉"是猛犸人语言中"我"的意思，少女真正的名字，叫"荻"，指的是一种草原的野花。

"荻，你救我？你要什么？"当他学会一点猛犸人的古怪语言之后，就问少女。他想问的是"为什么"，但荻的语言中好像没有这个词。

"我要……"荻比画着说，她的语言伴随着很多奇怪的手势，"我不知道。"

"你不知道？"

"什么都不知道，"荻认真地说，"你要让我知道……"

荻说了很多，阿骨花了很长时间才大致明白她的意思。猛犸人本来生活在遥远的西方，和许多猛犸生活在一起。其他人类来到当地后，大举猎杀猛犸，他们带着仅存的一小群猛犸逃到东方，但途中又不断遭到各部族的截杀。五年前，那群猛犸被人类部族赶进一个山谷，放火烧死，猛犸人也都遇害，只有荻的母亲带着她和最后一头猛犸逃生。撑了几年后，母亲在去年冬天也死去了，此后就只有荻一个人与猛犸相依为命。它的名字很滑稽，翻译成云族话是——"小浆果"。

荻所见到的，都是捕猎猛犸的部族人，从未见过和自己类似的族群，她想，他们也许都死了；她和小浆果也一直遭到陌生部族狡猾多变的围猎。她不知道这些人为什么要追击自己。所以当她发现昏倒的阿骨时，心想，也许她可以从这个少年这里知道那些部族的事情。

"为什么你觉得我可以帮你？"阿骨问。

获并没有说要知恩图报之类的话，而是伸出手，卡住阿骨的喉咙，把他提了起来，阿骨无法相信女孩力气能有这么大。

"你，活；不帮我，死。"获简洁地说。

"好……我帮我帮……松手……咳咳……"

阿骨告诉她，各部族对付他们的理由只有一个：杀掉小浆果，吃了它。

"泥土！"获气得用本族话大骂，"你们是泥土吗？吃猛犸！"

阿骨小心翼翼地说："人什么都吃。"

"猛犸不可以！它们是……兄弟姐妹！"获看上去都要哭出来了。

获慢慢告诉阿骨，在他们的神话里，人和猛犸是草原之神生下的兄弟，他们绝不吃猛犸的肉，但可以喝它们的奶水，靠它们的皮毛取暖，让猛犸帮自己找到植物根茎和水源，骑着它们千里迁徙。更多的生活细节，获也不清楚，在她的族群覆灭时，她年纪还很小。

阿骨之前做梦也想不到能驯养猛犸这种恐怖的巨兽，但他发现，小浆果虽然看上去庞大狰狞，性子却很温顺，而且相当聪明，荻可以随时把它召来，坐在它身上，指挥它前往任何地方，这是荻的母亲从它幼年起就一点点训练出来的。在荻的引导下，小浆果对他也去除了戒心。他们白天可以骑着它，晚上依偎在它怀里睡觉也相当暖和，偶尔下雨的时候，草原上没有树，他们就在小浆果的肚子底下躲雨。荻说，猛犸聪明而又喜欢同伴，只要你愿意和它们交朋友，他们就是你的朋友。

"帮我，保护小浆果。"荻对他说。

阿骨"嗯"了一声，他发现荻虽然力大无穷，但并不聪明，她威胁他，却不懂得他可以耍诈。他可以趁她熟睡时偷偷溜走，甚至用石刀割断她的喉咙。如果部族还在的话，他也许真的会这么做。但如今部族已经不存在了，他能去哪里呢？

阿骨知道荻的长相和一般人并不一样，力气也比人大得多，他甚至发现她可以转动自己的耳朵，阿骨从未见过有人能这样。但无论怎么说，荻和猛犸毫无相似之处，既没有伸出嘴外的牙齿也没有垂下的长鼻。如果她不是人，至少也不是猛犸。

所以，他暂时没有逃走。

6

阿骨康复不久，新的猛犸猎人就出现了。一连好几天，阿骨都发现远处有几个人影，鬼鬼祟祟地跟在他们背后。阿骨知道他们的狩猎方式，他告诉荻让小浆果绕几个圈子躲开他们，对方就无从布局。猎杀猛犸可不是放一箭撂倒的事，每一个部族都必须动员大部分人力布下陷阱和驱赶路线。如果猛犸的活动范围不定，对方也就无从下手。

但那些猎人并没有很快消失，草原上的猛犸一天比一天少，他们不愿意放过这个机会。一天，阿骨发现，那些猎人走到离他们不远的地方，堆了一些石头离去。他过去一看，发现是三个小石堆，恰组成一个三角形。这是本地部族的共同语言：今天晚上，在这里约会。这毫无疑问是发给他的邀请。

阿骨已经两个多月没有见到熟悉的人类。他知道有危险，但想了很久，还是在夜里赴约，对方只有一个猎人，没有携带武器，看上去确实有洽谈的诚意。

"孩子，你是云族人吧？"猎人见面就问，说的是和云族很接近的话。

"你怎么知道？"

"你的衣服式样像是云族的，"猎人说，"再说你胸口不是挂着云纹石项链吗？我是河族的，叫阿波。我们两族经常通婚，你知道吧？你们老族长说起来还是我的表舅呢，哈哈！你该叫我什么？"

"阿波……叔。"阿骨犹豫地叫了一声。

"叫哥也行，"阿波亲热地摸了摸他的脑袋，"你们云族的不幸在草原上传开了。我们都很气愤，那些鬼族的狼崽子简直畜生不如，我们一定会帮你们报仇……不过话说回来，你怎么会和那个猛犸人在一起？"

"她……救了我。"阿骨简单地回答。

"原来如此，"对方抛出了正题，"小伙子，我们抓不住那头猛犸都是你干的吧？云族也是堂堂的神山子民，干吗和猛犸人混在一起？他胁迫你的？"

阿骨点头，又摇头，不知怎么回答。

"这也难怪，谁让你一个人无依无靠呢。"阿波同情地叹口气，又说："这样吧，我可以帮你。你帮我们把猛犸引进包围圈，我保你加入河族！你年纪也差不多了，立下了这场大功，我们族里最漂亮的姑娘随便你挑！"他哈哈笑了起来。

阿骨沉默了，对方的条件的确诱人。和荻在一起每天风餐露宿，连火都不生，这种日子比在部族里生活差得远。也许这就是他一直等的机会。

"怎么样，孩子？"阿波看他迟迟不答，又说，"你如果不放心，我可以在神山面前起誓。"

"不用，可你们……不能伤害她。"阿骨说。

"谁？"

"那个猛犸女孩。"

"猛犸人？"阿波吃惊，"她是女孩？"

"她……救过我的命。"

阿波咧嘴笑了，做了一个"我懂"的手势："没问题，我们只要猛犸，不会碰你的人，如果……如果她愿意加入河族，我们也欢迎。"

阿骨又想了想，终于下定了决心："好，你们明天带大队人来，我会配合你们行事。"

阿波大喜："太好了！我这就回去报信，到时候猛犸肉分给你最肥美的一份！"为了表示友好，他主动送上了一只刚打到的雪鸡。

阿骨接过，点点头离去。冷风吹过，才发觉自己已经汗流浃背。他听到身后细微的草丛拂动，知道一支对准他的箭刚刚撤去。如果他拒绝对方的邀请，心脏早已被它洞穿。

阿骨回到猛犸身边，荻还在熟睡，身子蜷缩着，被小浆果的鼻子围住，就像一个草篮中的婴儿。阿骨知道，荻不可能离开小浆果，过一般部族人的生活。他想，不如在梦中杀死她，让她毫无痛苦地死去。

他拔出刚磨好的一把石刀，在荻身边站了很久，很久，好像在等待神的指示。

也许神已经指示了，他想，自从那一天在神山下遇到荻，也许神指给了他一条完全不同的道路。

最后，阿骨发出一声听不到的叹息，唤醒了荻："我们要趁天没亮，赶快离开这里。"

"离开？"荻还有点懵。

"我们被盯上了，河族人。他们很强大，狩猎猛犸也很有经验。如果不赶紧离开，他们会一直跟着我们。"

"我们能去哪里呢？"获无助地问。

阿骨苦笑了："我也不知道，去……那边吧。"他指了指太阳升起的方向。

月光下，一头孤零零的猛犸，驮着一对少男少女，向东方而去。

7

东方是一片地势低洼的平原，夏天时，一样是芳草萋萋，繁花似锦，一样有许多的人类族群和无数其他生灵在这里平静地生活了无数世代，未来还将度过漫长的岁月。

但那并不是一块普通的陆地，它位于后世的中国华东、朝鲜半岛和日本列岛之间，正是黄海的位置。在冰河期，大量的海水被储存在冰川中，导致海平面下降百米，让海底的大陆架变成了草原。三千年后，随着气候回暖，上涨的海水将会淹没这里，让草原重新回归沧海，也会淹没一切人类祖先的遗迹。当然，那还是很久很久以后的事，如今这里是阿骨和荻的新家。

他们在东方草原待了十年。最初，他们仍然要小心翼翼地躲避人类猎手，游走在各部的边缘，冬天反而容易度过一点。那时候人类部族会向气候暖和的海滨迁徙，但猛犸巨大的体形和厚厚的长毛让它可以在严冬生存下去，阿骨和获可以在它怀抱中取暖。猛犸会用长牙拨开厚厚的积雪，食用下面丰富的灌木与杂草，阿骨和获不难在它扫荡过的地方找到可食用的植物，有时候还可以挖出冬眠的睡鼠和刺猬大快朵颐。阿骨慢慢教会了获生火烤炙食物，这样小浆果也会渐渐熟悉火焰的光芒，不至于被人类的火把轻易吓跑。

第二年春天，他们在草原上遇到了一个野生的猛犸种群，小浆果已经成年，它的天性被唤醒，奔向自己的同胞，加入了它们。获以为永远失去了它，非常难过。但两天后，小浆果又回到他们身边。后来他们才发现小浆果怀孕了。它怀孕的时间很长，近两年后才生下了一只小猛犸，获叫它"小种子"。

很快，那群野猛犸代替了小浆果，成了东方各部族捕猎的首要目标，阿骨知道，它们几次被伏击，损失很大。而就在小种子降生后不久，发生了一件极其恐怖的事：那个猛犸种群统统被人类猎杀了。一天，阿骨他们路过一座悬崖下，看到了十多头猛犸的残尸。看上去是被人赶上悬崖后慌不择路掉下来的，因为这次的捕杀实在太多，根本没法都带走，尸体上还剩下许多皮肉和骨头，足以供几十头野狼、鬣狗和上百只秃鹫享用一个夏天，冲天的腥臭在山的另一边都能闻到。不知怎么，阿骨想起了自己部族被杀戮的那一夜，感到一阵难过。

他们很快离开了那里。但第二天，阿骨他们醒来时，发现自己多了一个同伴。一头臀部带伤的公猛犸远远地跟着小浆果和小种子。阿骨觉得它就是那群猛犸劫后余生的成员，也许还是小种子的父亲。他们给了它一些食物，让它靠近，小浆果很快接纳了那头可怜的猛犸，就像当年获和小浆果接纳阿骨一样。获给它取了一个名字叫"小叶子"。小叶子最初还比较怕人，但很快被小浆果所影响，除了不让人骑乘之外，对两个人已经毫无戒心了。

此后，小浆果又生了三头猛犸，一头夭折了，另外两头健康地活了下来。陆续又有在人类猎杀中逃生的几头公母猛犸投奔了他们，它们又生下了新一代猛犸。以小浆果为头领，这个新的猛犸族群日复一日壮大起来。十年后，猛犸已经有十二头之多。获给它们都起了名字，什么小蘑菇，小蚂蚱、小石头，小月亮，没有一个能和猛犸高大威严联系起来。

这群猛犸引起了周边部族的兴趣，但人们很快发现，这是非常难以追踪和对付的猎物。猛犸以小浆果为首领，追随它的步伐，小浆果服从获的命令，获则根据阿骨的意见指挥迁移。它们不会被任何人群的恐吓吓跑，也不会毫无警觉地走入陷阱，更不会任带弓矛的猎人靠近。族群壮大之后，它们就变成了足以冲毁一切的洪流，更少人敢对它们下手。在最危险的一次突围中，十二头猛犸冲破了上百人的围捕，踩死踩伤了几十人后顺利逃走，只有几头受了轻伤。

但幸运之神不会一直眷顾他们。

那天，当他们向东南方走了前所未有的一段距离后，发现一条大河出现在草原上，河的宽广让人难以置信，几乎看不到另一边的河岸，大河蜿蜒着流向天地尽头。猛犸们已经有好几天没有找到充足的水源，骤然看到大河，纷纷来到河边喝水，小猛犸们更兴奋地用鼻子吸起水，相互喷来喷去地玩耍。阿骨和获也畅饮了一番，坐在河边的石头上，看着猛犸们的嬉戏。

"这么多的猛犸孩子，多好啊，"获说，但又想起了什么，长长叹了口气，"可是……"她没有说下去。

阿骨知道她想说什么，握住了她的手："我们会有自己的孩子的。"他们已长大成人，来到东方草原第二年的春天，他们在自然的冲动下相互结合，但不知为什么，获一直没有孩子。

"可是这么多年过去了，"获愁容不改，"我一直不能成为母亲，也许我真的是猛犸的后裔，和人类——"

阿骨设法转变话题："别说这个了。你说世界上怎么会有这么大的河，它是从哪里来的？"

"我猜，"荻没有回答，阿骨继续说，"它一定是天上的银河流下来的，沿着它往上游走，就可以走到天上去。我们带着小浆果它们一起去吧！"

"去天上干什么？没有吃的。"荻终于开口。

"有啊，"阿骨笑眯眯地说，"那么多的星星，一定是天上的浆果，不是都可以吃吗？"

荻猜到阿骨是逗她开心，但忍不住还是笑出了声。

阿骨当然不知道，他们所见到的这条河来自青藏高原，万里东流，汇聚了无数河流才从自己面前经过。在遥远的未来，它会以"长江"的名字出现在史册上，会有舟船往来，南北通航，发生许多次决定历史的战役，最后还会架起大桥，沟通天堑。但他们看到的是长江不复存在的一部分，它穿过此时仍是草原的黄海，穿过朝鲜半岛，汇入日本海。

阿骨还在滔滔不绝地说着，但荻的耳朵动了一下，脸色大变，猛然回头。阿骨顺着她的目光看去，发现十来个猎人在刚才还空空如也的河岸边出现，都拉开长弓，对准了他们。如果一起放箭，他们两个会立刻被射成蜂窝。借着大河滔滔水声的掩护，对方悄悄靠近，竟然没有被他们察觉。

猛犸们也发现了人的踪迹，紧张地向主人们靠拢，但肯定来不及阻挡对方的飞箭。一旦他们死去，猛犸群的覆灭也为时不远了。

"不要！"阿骨做了一个阻止的手势，用生疏了多年的云族话喊道，也不管对方是否能听懂，"有话好好商量！"

前头的一个青年冲他怒骂了几句听不懂的言语，将弓箭对准了他，也许他是前不久被踩死好多人的族群中的一员，要为亲人报仇。

"你们可以杀死我们，"阿骨说，心脏简直要跳出胸膛，"但是我们的猛犸会……会冲过去，为我们复仇，你们会死很多很多人，值得吗？"

其实他很清楚，如果他们两个被杀死在这里，无人指挥的猛犸只会四散乱跑，猎人们只要稍微离得远一点，就不会有什么损失，回头再捕猎它们就易如反掌了。他只希望对方不会轻易地看穿自己毫无底气。

剑拔弩张中，一个大胡子的中年男子走上前来。他身材高大，戴着一种鸵鸟羽毛装饰的帽子，穿着雪白的狐狸皮衣，脖子上挂着玉石项链，腰间佩着一把雕工精美的刀，好像是猛犸牙制成的，看上去应该是一个头领人物。

阿骨紧张地盯着他，知道只要他一挥手，就会万箭齐发。而对方可能根本听不懂自己的语言，说什么都是白搭。

"你们……"他口干舌燥，越来越难以保持镇定了，"你们听我说，就像谚语中说的那样，我们可以像披毛犀和猛犸一样保持和平……和平……"

他再也说不下去了，因为那人张大嘴巴，用一种奇怪的，像见到精怪的目光看着自己，充满了活见鬼的惊愕。为什么，难道是因为"猛犸人"会说话让他感到奇怪吗？

"……阿……骨？！"那男子艰难地吐出两个字，"你是阿骨？！"

阿骨的心像被一道闪电劈中。他震惊地盯着面前的男子，在陌生的外貌下，渐渐找到了一张熟悉面容的痕迹。

"哥？！"

在所有人和猛犸的惊讶注视下，他们冲向彼此，拥抱着，又哭又笑。

8

平静下来之后，阿石说服其他猎人先撤去，阿骨也让获带着猛犸们回避。二人坐在一起，互诉别来情由。

那天晚上，阿石逃走之后，流浪了十多天，在东面的平原上找到了曾和云族通婚的友好部族——风族。风族人收留了他，后来阿石在狩猎中立下了不少功劳，荣升为狩猎队长。几年前，他领导众猎人成功猎杀一个大猛犸群，更是被推举为新一任的族长。这期间，他和一个风族姑娘结为伴侣，生下了三个孩子。后来，他听说草原上出现了一群奇特的猛犸，被一男一女两个猛犸人所带领，怎么也抓不住，但从未把这事和自己弟弟联系在一起。

阿骨也简略地告诉哥哥自己的经历，阿石大笑起来："看来我们干得都不赖，你居然成了猛犸族的族长啦！"

"哥，别取笑了，"阿骨苦笑，"当初我自己也没想到，居然莫名其妙就和猛犸生活在一起了。"

"是啊，就是最好的占云师也算不到……不过，你过得好吗？"

阿骨缓缓点头。

"那就行了，不管你是和猛犸在一起还是和披毛犀在一起，都是我最亲的兄弟。"

阿骨心里一片温暖，又问："哥，那你们风族能放过那些猛犸吗？这么多年下来，它们就像我和获的孩子一样……"

阿石的答案却出乎他的意料："不行。"

阿骨愕然，阿石笑了："你不用急。我本来也不想猎杀你的这些猛犸。实际上，我这次来根本就不是为了捕猎猛犸。"

阿骨越发诧异："那是为什么？"

"为什么？"阿石的笑容忽然消失，面孔扭曲起来，目光中喷出仇恨，像是一瞬间被恶魔附体。"阿骨，你还记得鬼族吗？"

"鬼族"这个名字阿骨已经很多年没听到，但此时他的心再次感到了重重一击，像是被猛犸的脚重重踩踏了一下。火焰的噼啪和族人的惨呼仿佛又在他耳边响起。

"怎么会不记得呢?"他喃喃说,"那是我一生中最可怕的一个夜晚。"

"我想你也不会忘记。自从那一夜之后,我无时无刻不想复仇。但如今鬼族是草原上最大的势力,天知道他们蓄养了多少头狼!风族也是为了逃避他们才越来越往东迁移。不过鬼族人现在也来到了这里,想要侵占整个东方草原。"

"他们……"愤怒充满了阿骨的胸臆,"他们竟敢……"

"所以,我们很快要和鬼族将有一战,你愿意帮我吗?"

"当然愿意!"阿骨大声说,"那些鬼族的畜生,我真想把他们肮脏的头颅一个个割下来!可是哥……我怎么能帮你?"

阿石在他耳边说:"兄弟,你只需要帮我一件事……"

稍晚一些时候,阿骨和荻一起坐在大河边,把阿石的计划告诉她。

"不能这么做,"荻一惊,连连摆手,"这太危险了,怎么可能……母亲从来没说过这种事。"

"你可以的,它们都听你的指挥,绝对服从,我们上次突围不就是证明吗?"

"那是被逼无奈,可是这次——"

"这次同样是被逼的！"阿骨焦躁地说，"哥告诉我，鬼族人已经征服了无数部落，现在已经离我们越来越近。如果下次被比风族还多十倍的鬼族人围攻，我们不会再那么好运。"

"我们可以再逃走啊，去大河东面，去北方……"

"逃走！逃走！"阿骨攥紧了拳头，"别的地方一样有人！我已经过够了东躲西藏的日子。荻，这是我们最好的机会，哥哥说，他将来会在狩猎领地里分给我们足够大的地盘，我们可以和猛犸生活在一起，永远不会有人再打它们的主意。这不是一直是你想要的吗？"

"阿骨，"荻正视着他，"你是为了保护猛犸们，还是为了给自己的亲人'复仇'？""复仇"是她的语言中没有的一个词汇，她是勉强从阿骨的语言中学会的。

这让阿骨更加怒火中烧："对，我是为了给阿妈、阿莎和所有人复仇！又有什么不对？如果你的族人懂得复仇，又怎么会一次次被杀戮和驱赶？你们曾坐拥天底下最强大的力量，最后却只能像一窝兔子一样被赶尽杀绝！"

他说完这句话就后悔了，家族的覆灭是荻内心最深的伤疤。荻的脸色变得极其可怕，眼神中燃烧着愤怒，阿骨不知道她下一步是会高声怒骂还是直接把自己的胳膊拧断。

但荻的目光渐渐转为哀伤，如同火焰变成灰烬。她长叹了一声："好，我帮你完成心愿，但愿你不会后悔。"说完，她头也不回地离去。

9

深夜，繁密如星的猛犸骨帐之间，几百头狼不约而同地嚎叫起来，如同在召唤黑暗的恶灵。

鬼族首领从帐幕中起身，嘴角露出一丝微笑。那些风族人来了，前几天侦察的外围族人就发现了他们的踪迹。这些蠢货，妄图偷袭他们，却不知道自己的行踪早已暴露。当然，就算没有发现也不要紧。别的不说，群狼的叫声就能够及时预警外族的任何偷袭。

鬼族武士们迅速在营地的木栅栏外集合，点燃火把，每个人手中牵着一头大狼，总共有近两百头。如何养活这些几乎和人一样多的狼也是令鬼族感到头疼的问题。哪怕只是为了喂饱它们的肚子，鬼族也必须不断夺取其他族群的生存空间。

但这些狼不仅是捕猎的好帮手，也是战场上的重要助力。它们忠诚、聪明、勇猛，胜过最利的刀，最快的箭，是鬼族人的兄弟，也是其他各族的噩梦。据说其他一些部族也在学着驯化狼，不过还没有成功的例子。

远处的偷袭者正在逼近，今夜多云少星，什么也看不清楚，但能听到人群走动的声音。群狼发出"嗷嗷"的叫声，兴奋地马上要扑上去，鬼族武士使尽力气才拉住它们，他们要等对方再近点再发起进攻。

很快，对方距离他们只有七八箭之地了。鬼族人蓄势待发，但此时，大地开始发出有规律的震颤，最初微弱，很快便越来越强烈，群狼的叫声从长嗥变成了焦躁的"呜呜"声，它们不再急着向前冲，反而犹豫着后退。鬼族首领感到蹊跷，再望向前方，熊熊火光下，可以看到远处的人群向两边分开，后面依稀有什么东西……某些非常巨大的东西，正在挪动……

鬼族首领张大了嘴巴，几乎不敢相信自己的眼睛。

那是一群猛犸！在最前面的两头猛犸身上，似乎还坐着两个——人？这怎么可能？

两头猛犸发出撼动夜空的长嘶，开始向前迈动脚步，其他的猛犸也吼叫着，跟了上来。很快，所有鬼族人和狼都能看到他们的对手了。猛犸们排成一行，步子越来越快，甚至飞奔起来，像山崩，像海啸，像突如其来的暴风雪，向着呆若木鸡的鬼族人席卷而来。

"顶住！"鬼族首领惊恐地叫道，"快放狼，拦住它们——"

鬼族人放出了手中牵着的狼，但在猛犸的威势前，大部分都畏葸不前，有的吓得夹着尾巴逃走。只有一小部分参加过狩猎猛犸的忠诚战狼冲到了猛犸跟前，但不是被直接踩死，就是被踢到一边，对冲刺的猛犸没有造成任何阻碍。猛犸后面的风族人很容易就收拾了剩下的伤狼。

猛犸已冲到面前，不少失去狼的鬼族人也失去了勇气，转身就逃。但首领仍在坚持抵抗："挥舞火把，放箭！"

但这些猛犸对鬼族的火把并不惧怕，稀稀拉拉的箭矢也射不穿猛犸那堪比披毛犀的厚重皮毛。刹那间，第一头猛犸冲过了防线，一人多高的鹿角栅栏，被猛犸一冲就倒，它身上的神秘人吹着口哨，仿佛发出催促的号令。首领终于明白，关键是对付猛犸身上的骑士，他忙拿出弓箭，想射向冲在最前头的猛犸人，但他刚刚张开弓，身体忽然悬空，然后重重坠地——后面的一头猛犸用鼻子把他卷起来，又用力摔在地下。

首领的倒下让鬼族人最后的抵抗也崩溃了。越来越多的猛犸和其他人占领了鬼族的营地。首领倒在地上，一时还没有死去，眼睁睁地看着后面的猛犸骑者跳了下来，走到他面前，俯身说了一句话，他只听懂了其中"云族"二字，记得那是他亲自带队灭掉的一个小部族，但他不明白那和猛犸人有什么关系。直到他的脑袋被割下来，挂在了长矛上，他最后残存的思维还在想着这个谜。

　　这一夜，天空被燃烧的营地映红，就像许多年前的那一夜一样。

10

苍茫云海在脚下铺陈开来，从云缝间可以看到下方的丘山，山谷间蜿蜒着白玉般的冰川。周围是千年不化的积雪，苍劲的黑色岩石在雪中挺立，面对西沉的落日，一只孤独的苍鹰在云上翱翔。

花了一整天，阿骨和阿石终于登上了神山之巅。这是历代部族联盟盟主的参神之旅。不过这次新的盟主破例带上了自己的兄弟。

"小时候一直以为祖先神就在这里，"完成祭拜之后，阿骨感慨地说，"那年云族被灭，我还想上来祈求神的助力呢，想不到上面什么都没有。"

"祖先神都在天上，化为风云雷电，神山是和他们沟通的场所，"阿石说，"兄弟，是祖先神让我们逃生，重逢，联合在一起，重建云族，然后是——拥有整个草原。"

阿骨默默点头。这三年中，他们经过五次大战，已将鬼族人彻底消灭，击溃了河族等竞争的部族，重掌神山周边。云族流亡的残余成员被一个个找回来，也重建了族群。以云族和风族为核心，阿石召集各部，建立了消散多年的部族联盟，成为整个草原的盟主。

"可惜，还有那边……"阿石指了指西南方向，那里有一块醒目的乌云。

"那是哪里？"

"林族人，他们占据南方的森林地带，"阿石说，"很多代之前，我们云族和风族等族就是从那里被赶到北方的，现在是时候要回属于我们的土地了。"

阿骨一惊："你又要打仗？可是草原各部族都听命于你，又何必——"

"我不是为了自己！"阿石有些不快，"而是为了整个联盟。草原是苦寒之地，我们需要南方，在那里气候温暖，物产丰饶，无论是人还是猛犸都可以过得更好。"

"可是猛犸不能再参战了，这几年已经有两头猛犸死掉，还有一头逃走……"

"但又生了三头，还有两头新加入你们的，猛犸的数量只有比以前更多，原来的草场都不一定够用，你们也需要更好的牧地，森林地带可比草原上更舒适。"

"但是……"阿骨还是觉得不妥。

"不用但是，"阿石搂着他的肩膀，另一只手指向远方，"你看！"

在他指的方向，几块巨大的云团正被北风推动，迅速飘向南方，看上去就像是空中的猛犸群。

"天现异象，占云师说这是大吉大利之兆，"阿石眯眯地说，"放心吧，这是最后一次，这次之后，我们夏天可以在草原狩猎，冬天可以在南方河谷过冬，这是众神赐给我们的福祉！"

"你说什么？"获不敢相信地瞪着阿骨，"我们长途跋涉回到神山还不够，还要去不知几百里外的陌生土地和根本没招惹我们的部族开战？"

阿骨解释说："那是我们云族的老家，大概一百多年前，我们就是被林族人赶到北方的。哥说我们这次是要赶走那些入侵者，重返故园。"

"那是他的事。猛犸们不能再折腾了，"获检视着小浆果腿上的伤痕，"这是上次被那些河族人扎伤的地方，一直都没全好。还有小叶子和小蘑菇也受伤未愈，小石头还死了……"

"我知道……"阿骨感到有点内疚，"但这是最后一次了。南方更适合猛犸生存，我听老人说，以前的猛犸也是在南方森林地带活动的，后来被大量捕杀才迁到了北方，如果我们能打下南方森林，哥说可以把最好的一块河谷给我们。他向来说话算话，这你知道。"

"他说话算话过？"荻冷哼，"每次让猛犸打仗都说是最后一次，结果呢？就算得到了几块游牧地又怎么样？待不了几天就要跟他们的部落去更远的地方。"

"可他们需要我们。"

"需要猛犸去当你们的长矛和盾牌。"荻冷冷地。

"不是啊，现在他们可是把猛犸当救星供着，几头小猛犸也很喜欢和部族的孩子在一起玩，你知道阿石的儿子小阿毛和它们玩得最好，那次不小心被小蘑菇冲撞了一下，腿都断了，也没有怪它们；还有阿溪，上次送来了很多赭石粉，可以涂在它们的眼眶边驱赶蚊蝇；还有阿花，经常背着一筐筐的草料来喂它们……荻，你的族人不在了，可今天我们能够让人和猛犸再次成为兄弟。"

"说得好听，可你是让猛犸像狼一样去杀人！这违背它们的本性，会出乱子的。"

"我知道，"阿骨叹了口气："但与林族的战事已经开始，很多风族人已经出发去了南边，如果我们不帮他们，也许他们都会死的，你真的忍心？"

获微微动容，却还是坚持："这是他们自己要去的，我早就觉得，不该和部族人走得太近。"

阿骨没有再说话，却打开腰间的皮囊，把一些食物和石器放进去。

"你干什么？"

"我也要去南方，"阿骨说，"我亲哥需要我。如果你们不去，我就自己去。"

"我们不去。"获斩钉截铁地说。

阿骨没有再说什么，转身离去。小浆果看着男主人离去，而女主人却没有像往常一样带着它们跟上，奇怪地晃了晃耳朵。获站立着一动不动。如果阿骨回头，会看到她已经泪流满面。但他并没有。

直到阿骨走到视野的尽头，获才大声喊道："臭泥巴！你给我站住！"

11

获和猛犸们还是随着草原部族的远征队向南方出发了，踏上了从未见过的土地。

十几天后他们第一次见到了森林，实际上是森林和草原的交界地带。丰茂的草丛间，稀疏的高大乔木直冲天空。部众在树木边上建起了几百个帐篷，有人在休息，有人在外面采摘木耳和蘑菇，还有人在捕捉第一次见的松鼠等小动物。不远处，猛犸们也迫不及待地卷起树上嫩绿的枝叶，惬意地咀嚼着，看来它们很喜欢这里。

获还是和小浆果在一起，这段日子她都不怎么搭理阿骨。阿骨在阿石身边："哥，我们到哪儿了？林族人在哪里？"

"这边应该已经是他们的势力范围，"阿石说，"不过再翻过两座山才是他们的主营地。我已经派人到前头去侦察。我们天不亮就开拔，最晚明天下午，就可以发起进攻了。"

"他们有多少人？"

阿石一笑："不少，不过还比不上鬼族，林族人身材矮小，也没有战狼助阵。而且他们应该已经很久没有见过猛犸了，你的猛犸部族一定会让他们吓得屁滚尿流。"

阿骨犹豫了一下，说："哥，不要杀太多人，我们不能学那些鬼族人……"

"我们不是鬼族，只要他们投降，我们可以分享这座森林——"

他的话忽然止住，眼神盯着前方，阿骨顺着他目光看去，在林间的长草丛间，似乎有一些东西在移动。

"那是……"阿石忽然跳了起来，"林族人？"

阿骨也看清了，那是一些身材矮小的人，身上黏满了草叶，在草丛间很难发觉。他们已经靠近了猛犸群。有些猛犸已经看到了脚下的这些小家伙，但他们已经不怎么怕人了，只是看了两眼又回去吃叶子。

"获，小心！"阿骨大声叫道。获正在小浆果的身边小憩，听到阿骨的叫声，抬头发现一个林族武士已经在面前，获反应极快，一脚把他踢翻，随后跳上了小浆果的背。但另外几个人已迅速地滚到正在吃树叶的猛犸肚子底下，闪电般地向上刺出长矛，刺进它们柔软的肚腹。

猛犸们发出撕心裂肺的惨叫，百箭之外都能听见。许多猛犸人立起来，又重重地落下，让大地也发出呻吟。此时，丛林深处传来恐怖的鼓点声，猛犸们受到重创和惊吓，发狂似的转身就逃。

它们后面不远处就是草原人的营帐，荻设法约束它们，小浆果倒还听话，可其他猛犸又惊又痛，再不听指挥，践踏着一个个帐篷冲了过去。草原部众根本来不及反应，许多人直接倒在了发狂的猛犸足下。片刻间，已经死伤满地，一片狼藉。树上也冒出来许多林族武士，借着浓密的枝叶掩饰自己，像猴子一样跳来跳去，他们吹出骨镖，射向毫无防备的草原人，令他们像无助的小羊一样倒下。

"哥，我们怎么办？"阿骨问阿石。阿石却好像僵化成了石头，多年不断的胜利让他无法接受眼前的事实。

"哥！"

"撤——退——！"阿石终于大声叫道。

其实不用他叫，剩下的人已经在狼奔豕突，但林族人越来越多，很多人逃不出去。小浆果冲到他们身边，荻在小浆果的背上对阿骨伸出手，阿骨忙爬上去，回头对阿石说："哥，你也上来！"

阿石向前踏了一步，又退回去："我……不能走。"

"为什么？"

"那么多部众还在这里，"阿石咬牙，"我是盟主，不能抛下他们，你们先走！"

"可你会死的！"阿骨叫道。

阿石望了一眼周围死伤满地的人群，露出惨淡的笑容："你不懂吗？我回去还不如死在这里。"

阿骨明白他的意思，作为盟主，回去后，他无法再面对失去太多亲人的草原各部，即便活着也生不如死。也许只有战死在这里，才能挽回身后的光荣。

"小心！"阿石猛然掷出长矛，一个靠近的敌人从树上应声倒地。"你们快走吧，要不就来不及了。阿骨，请你照顾我的儿女——"

阿骨还想再说，但另一个林族人从树上落在小浆果背上，手中拿着一把燧石刀割向阿骨的咽喉，眼看他躲避不及，还好荻抓住对方的手臂，和他扭打起来。小浆果感到身上有陌生人，惊恐地抖动着背部，林族人站不稳，终于被获扔了下去。

"快跑，小浆果！"获果断说，小浆果玩命狂奔而去。

阿骨回头望向阿石，阿石对他微微点头，怒吼一声，全力扑向一个林族武士，扭打起来……他的身影越来越远，被阿骨的泪水所模糊。

以后，他再也没有见到阿石。

林族人收拢了包围圈，大举屠戮残存的草原部众，许多阿骨熟悉的面孔埋没在荒草间。而更悲惨的是那些猛犸，它们大部分已经中了林族人的伏击，腹部被长矛刺穿，跑不出几百步就一头头倒下，成为林族人的猎物。由于身体庞大，它们死得很慢，尽管身上已经被长矛刺出不知多少个洞，鲜血已经像瀑布般泻下，内脏也从破碎的腹腔中流了出来，它们还活着，挣扎着，悲鸣着，望向正在逃离的同伴和保护人，不知道发生了什么。

12

其他人和猛犸都消失在身后，一切仿佛又回到了十多年前，两个人和一头猛犸相依为命，踏上了漫长的逃亡之路。一路上没有人说话，只有猛犸沉重的脚步声。

黄昏降临，森林已经在地平线上消失，小浆果的步子慢了下来。阿骨说："荻，让小浆果吃点草吧？"

荻没有回答，却向后一歪，从小浆果身上摔下，落在草丛间。阿骨大惊，忙跳下去，抱起了荻："你怎么了？"这时，他才发现荻早已昏迷过去。在她的腰腹之间，汩汩的鲜血正在涌出。那里有一道深深的伤口，大概就是刚才那个林族人用刀戳的。

"荻！"阿骨惊慌地叫道，"荻！"只觉得身上发冷，无边黑暗就要把自己吞没。

获面色惨白，终于张开眼睛，微微启唇："阿骨……我要死了……"

"别胡说！"阿骨手忙脚乱，想给她止血，他用手按着，用皮衣按着，用干草按着，都没有用，血仍在不断地渗出。

"没用的……其实我早就预感……总有一天……会出事的……"

"都是我的错！"阿骨哭了起来，"我为什么要听阿石的，我们不该来这里的，如果不来这里该多好！"

"母亲说，"获的声音细若游丝，"猛犸是我们的兄弟……我们不能役使它们，否则……否则必有灾难……"

"我是个混蛋，"阿骨哭叫着，抽打着自己的耳光，却感觉不到疼痛，"都怪我鬼迷心窍……"

"不是你……"获抓住了他的手，阻止他伤害自己，"但你们的部族好奇怪，你们会唱歌，会画画，发明出了各种工具，但总想统治世界万物……迟早会……会……"

"获……"阿骨无言以对。悔恨如狼爪，一下下狠狠地撕扯着他的心。

"对了……"获的眼睛又发出一星光亮，"你记得那天在大河边说的话吗？我一直在想……如果我们能……离开地上……走到银河上去……多好呀……"

阿骨攥着她的手,感到她温热的手掌正在渐渐变冷。他颤声说:"我们会去的,总有一天会去的,小浆果、小种子、小叶子它们都会去的……去星星间游牧……"

"我……现在……就……要……去……"获的声音更加微不可闻,"你……和小浆果……一起……"她抬起手,好像要抚摸一下阿骨的脸颊,但还没有碰到阿骨,那只手就垂下来了,以后也不会再动。

阿骨泪眼蒙眬,看着她无神的眼睛慢慢合上。在一点点黯淡下去的暮光中,她那古怪而又亲切的面庞也渐渐沉入黑暗,无法再看清了。

阿骨今后再也见不到同样的眼睛。这个星球上再不会有任何人见到。

阿骨不知道,也不可能知道获真正的身世。她不是和他一样的"人",或者说,五万年前从非洲走出来的现代智人,而是从古猿人中进化出来的另一个物种,称为丹尼索瓦人。这个人的支系在数十万年的发展中,获取了和智人接近而略低的智力以及更发达的肌肉,但他们没有人类的创造力及侵略性,也发展出了与人类完全不同的文化。丹尼索瓦人的主体在三万年前就消失了，但其中的一支在西伯利亚与猛犸结成了长期的共生关系，在猛犸的帮助下又延续了一万年以上。随着更进步的智人对猛犸的狩猎，猛犸族也逐渐式微。由于基因层面的生殖隔离，他们无法和人类结合，留下自己的基因，注定会走向灭亡。

猛犸还将在世界上苟延残喘数千年，但最后一个猛犸人在这个黑夜降临前，带着无数世代祖先的遗传，整个种族百万年的秘密，死去了。最后一个非智人的人族世系也就从此灭绝。在人类数百万年的进化史中，曾经出现过许多种各不相同的人类，但最后都被无情的时间消灭。唯一留下来的胜利者，是猎取猛犸的智人。

一旁的小浆果仿佛也知道发生了可怕的事情，轻轻拱着身体渐渐冰冷的获，不安地轻轻嘶叫，就像找不到母亲的孩子。

尾声

许多天后，小浆果驮着失魂落魄的阿骨回到了神山脚下。此时阿石战败身亡的消息已经传开，他建立的霸业也烟消云散，草原各部重新四分五裂，厮杀不已。阿骨带走了阿石的伴侣、儿女和其他几个云族的同胞，自己也成了云族的新族长，为了部族，阿骨不得不挑起了这副担子。

当初他们所养育的猛犸，一大半死在了林族人手上，剩下几头因为踩踏草原部众，重新被各族人视为野兽，陆续被捕杀。阿骨自顾不暇，救不了它们，唯一的安慰是，小浆果仍然顽强地活着，和云族生活在一起。或许是年龄已经过了，或许是内心受到创伤，它再也没有生育过，但猛犸大军的传说仍然在草原上流传，一代人的时间里，没有谁敢去招惹云族。

颇有一些部落想要学着饲养猛犸，但把一头猛犸从小养大的时间太久，何况猛犸人的驯术已经失传，猛犸不易控制，要宰杀也很危险，与其费心去养，不如直接去捕猎。驯化猛犸的实验终告失败。反讽的是，鬼族人饲养的狼并未死绝，一些亲近人的小狼被草原各部收养，很快便开枝散叶。它们的后代变得越来越驯服和忠诚，未来它们将学会"汪汪"的吠叫，被称为"犬"或者"狗"，成为人类最忠实的友伴，陪伴人类度过整个历史。

　　按照草原风俗，阿骨继承了阿石的女人，他抚养了阿石的子女长大，也有了自己的儿孙。许多许多年过去了，阿骨老了，卸下了族长的重任。每一年夏天，人们常常看到年迈的前族长和一头老猛犸在一条小溪边悠游。直到一年深秋，暴风雪忽然降临，阿骨没有及时回到营地，第二天人们在小溪边上找到了他和一动不动的猛犸，二者都已经冻僵了。他们并不知道这里是五十年前阿骨和获的初遇之地，但按照阿骨生前的嘱托，他们将猛犸和他的尸身葬在溪边，发现下面还有一具有些奇特的骸骨，才知道是多年前的获，被阿骨带回来葬在这里。他们的故事被云族人津津乐道，传了好几百年，但终究敌不过洪荒岁月的力量。数千年后，冰期结束，温暖重临时，再也没有一个人记得云族，也忘记了还有过猛犸这种巨兽的存在。

无数世代过去了，人类脱胎换骨，一次次重生。阿骨的后裔在这寒暑无常的大陆上不断迁徙和融合，慢慢学会定居和农耕生活，成为我们的祖先。在孔子、李白和成吉思汗的体内都流着阿骨的血脉。不过阿骨也没什么太特别的，那个时代人类非常稀少，每一个部族都是后世许多族群的祖先，每一个个体都潜在影响着世界未来千万年的命运。然而这些历史之前的故事，早已被遗忘殆尽。

　　二十一世纪初，在山东聊城的一条商业街下出土了三具残缺的古化石，分别是猛犸、智人和一种更古老的人类种族。学者们猜不透他们的关联，争论了很多年，最后得出的结论是，相隔数千年的三个生物个体死亡后被冰川运动带到了一起，彼此之间毫无关系。

海的女儿

1

法蒂玛打开飞船的舱门，艰难地爬出来，感到炽热的气浪扑向她的面颊，电子角膜上显现出当下的温度：487℃。当她站起身后，发现自己站在一片怪异的橙黄色天空之下，面前是一片望不到边的平坦荒原，身后的翼式飞船斜斜歪向一边，船体冒着滚烫的青烟。她脚下的大地一片焦黄，寸草不生，地表上沟壑纵横，干裂成无数巴掌大小的碎块，像被利剑砍斫过千万次。

法蒂玛望着这异星般的景象，许久之后才打开了中微子通讯仪："欧罗巴：我已经着陆。'曙光三号'隔热层熔毁，未到达预定地点，只能紧急着陆。我目前的方位是在西太平洋，北纬9度28分51秒，东经143度41分32秒，距离目的地二百零三公里，海拔……"她停顿了片刻，露出一个苦笑，"……已经没有意义。"

法蒂玛抬头向黄色的天空望去，异常火红的太阳仍在喷射着毒焰。欧罗巴正随着看不见的木星运行在太阳的另一边，六个天文单位之外。刚刚发出的中微子通讯波束正飞驰在茫茫太空中，大约两个小时后，她才可能接到回复。

她呆呆站了很久，内心被无法平复的惊骇所充满，然后她伏下身体，弯下腰，用双手撑住地面。她的大脑下达了指令，通过光子通路传导到四肢，组成她身体的亿兆个纳米体高速运转起来，改变成不同的形态，自下而上，一级级建立新的组织，组成新的结构。她双手开始变长，用前趾立起，长出了灵活的肉垫和强有力的肌腱，腿部也发生了相应的变化。

几分钟后，她像豹子一样狂奔起来，风驰电掣，向着西北方的地平线跑去。同时，无数回忆涌上心头。

2

三年前。

法蒂玛站在埃菲尔铁塔最高一层观光台上，朝阳将巴黎城笼罩在一层金辉中。洁白的圣心教堂矗立在北面的蒙马特高地，南面是醒目高耸的蒙帕纳斯大厦，塞纳河的玉带蜿蜒着从南面经过铁塔，又东流向东边的巴黎岛，霞光之下遥遥可以看到圣母院的古老钟楼。一群鸽子在卢浮宫上空自由飞翔。

塔上除了她，没有其他人，只有她一个人站在城市的最高处。法蒂玛望着这一切，心醉神迷。

一条丑陋的深海蠕虫打破了她的遐想，它悠然在朝霞中露出身影，摇摆着几十只桨足，优哉游哉地移动着笨拙的身体从空气中游来，视若无睹地穿过交叉的钢条和铆钉。对下面这座美丽的都市毫无察觉。

法蒂玛在心里叹了一口气，关掉了电子角膜上的三维画面。光影都消失了，周围又沉入亘古以来的黑暗深渊中。蠕虫悠然游走。她抱膝缩成一团，让自己被水托起，漂浮在无尽黑暗里。

法蒂玛喜欢世界的高处，各种各样的高处，她的储存芯片中收藏了珠穆朗玛峰、艾尔斯巨岩、上海未来大厦，乃至彩虹空间站的三维视景，许多都是日出或艳阳高照的景象。每当这些美景消失，黑沉沉的现实又压在她头顶。这里不是什么高处，而是地球上最深的地方，整个太平洋，不，整个人类世界都在自己上面……

"法蒂玛！法蒂玛！"正当她胡思乱想时，内嵌耳机中传来站长莫妮卡·库伦的呼叫。

"怎么了，嬷嬷？"她懒洋洋地问，她喜欢把莫妮卡叫作嬷嬷。

"深海电梯坏了，大概又是机械故障。在海拔以下7300米的位置，维弗利先生和一名访客在电梯里，已经发出求救信号。"

法蒂玛怒气勃生："这部电梯用了快二十年了，说了多少次了，上头一直不换，每次都指望我去修！难道你们养我就是为了让我修电梯？"

"法蒂玛！"

"对不起，"她控制住了自己，"我这就过去。"

法蒂玛舒展开身体，她长长的鱼尾轻盈地摆动着，让她从海谷中最幽深的地方浮出来，袅袅游向远处那条垂直的光带。

3

　　法蒂玛心急如焚地奔跑着，半小时后已经驰过了五十公里。她毫不感到疲累，在她胸口的冷聚变能源可以让她这样跑一百年以上。

　　一片醒目的黑色焦痕出现在远处的荒原上，上面还有一些细小的突起。等她走近，才看到那是几根还没有化尽的黑色骨头暴露在空气中，向她提示出这片痕迹本来的形体。

　　法蒂玛目测了一下，那东西长将近四十米，或许是一头蓝鲸，但一般的蓝鲸体型也没有那么巨大，或许是某个新的亚种，它躲藏在大洋深处，从来不为人所知晓，如果早几年被发现的话，必将令世界震惊。但如今，这一切已经没有意义，这个物种尚未被发现就已经从世界上消失，正如其他所有物种一样。在这个温度高达五百摄氏度，已经没有一滴液态水的星球上，没有任何生命可以存活。

法蒂玛又望向太阳，万物之主仍在肆虐着阳光。当然，肆虐的不只是阳光，从太阳表面喷射出的高温等离子气团，已经弥散到了地球轨道上。两个月前，疯狂的带电粒子流和上千度的高温在几小时内就吹散了地球大气层，并让海洋蒸发殆尽。现在，这个星球是一个金星般的炽热火狱。

这场大毁灭在人类文明的鼎盛期发生，人类自认为已经掌握了改天换地的力量，却并没有相当的防护措施，甚至没有这样的意识。计算机模拟中的一个小数点几位后的微小误差，导致了一连串的蝴蝶效应：一枚核弹撞击彗星时爆炸的效果和预计差异很大，彗星未能像预期的那样被送到围绕水星的轨道上，给殖民地的人们带来改造水星需要的水源，反而在水星引力影响下改变轨道，掠过水星，坠向太阳表面。人们虽然懊恼，却以为这不过是损失了一颗彗星的资源，所以没有再管它。但事情却沿着墨菲定律的方向发展：这时正是太阳活动的极大期，彗星坠落的方位更是太阳黑子活动的核心区域。冲击破坏了太阳内部结构，效应被千万倍地放大，在太阳光球层上造成了一道七十万公里长，数千公里宽的伤口，释放出了太阳内部的高能辐射，导致比平常大上千倍的耀斑爆发，当然这个伤口本身存在的时间并不长，只有百十个地球日而已，很快就会愈合。在太阳长达五十亿年的漫长生命中，只是一场不足道的小伤风。

但是人类的整个世界，却在毫无防备的情况下，毁于万物之父的一声喷嚏。就像歌谣中所唱的那样，一根铁钉钉错了，导致了一个帝国的灭亡。而今灭亡的不仅是帝国，而是全人类，包括她所爱的那些人。

哦，嬷嬷，法蒂玛痛苦地想，脑海中浮现出嬷嬷慈爱的面容。或许我不该离开您的，更不该最后对您说那些话……

她继续加快了脚步。

4

　　法蒂玛到达了深海电梯被困之处。电梯本身是球形的耐压舱，被悬挂在上不着天下不着地的渊薮之中。透过舷窗，她看到电梯里有两个人正在焦急地张望着，一个是副站长维弗利，另一个是一个陌生的年轻人，又高又瘦，脸色苍白，但看上去很英俊。

　　法蒂玛把脸贴在了窗口上。年轻人看到从黑暗中的海水中，一个鱼尾少女身影显现，惊奇得差点让下巴掉下来。法蒂玛早已见怪不怪，她伏在窗口，和维弗利打了个招呼，做了个"放心"的手势，就绕到电梯背后，打开舱盖，钻进动力舱，这里也充满了海水，以便和外界的压力平衡。她找到线路板，对着仪表，开始进行检修。手指变成千百条灵活的纤维，钻进冷聚变反应器的深处。

借着舱体本身的传振，法蒂玛听到了电梯中的两个人在说话："别着急，米诺先生，这只是小故障，电梯很快会重新启动的。"

"维弗利先生，那个女孩是谁？怎么好像……好像美人鱼一样？"是那个年轻人的声音。

"她叫法蒂玛，是个纳米机械人。"维弗利说，声音很轻，显然是不想传到法蒂玛耳里，但法蒂玛灵敏的耳朵仍然能听到。

"机械人？可是我以为机械人在地球上早就被禁止了。"年轻人问。

"当然是禁止的，但事情总有例外，"维弗利低声说，"你从欧罗巴来，大概不太清楚。你记得二十年前的亚特兰大核爆吗？法蒂玛就是在那时候出生的，还在娘胎里就受了辐射，先天畸形，没有四肢，内脏功能也不全，根本活不过几天。她父母又是贫民，没钱进行克隆或者基因修补，把她扔给福利机构就不管了。那时候是新太平洋战争时期，军方在实验一种纳米体组合成的机器人，但是人工智能不够聪明，需要人脑的指挥，所以他们就把那孩子要来，把她的大脑移植了过去……"

"这……太残忍了吧？"

"可如果不这样，法蒂玛也根本活不下来。本来这是一个大工程，有上百个残疾儿的大脑被移植，可惜除了法蒂玛都没成功。后来战争结束，这个计划也被废止了，法蒂玛被库伦博士带到了深极站，二十年来一直生活在这里，现在她负责深极站的许多外部作业，她的机器身体不怕水底的压强，可以在站外灵活工作，对我们很有用。"

"不可思议，她竟然能在海底不借助任何设备自由活动。"

"因为她的身体本质上只是一部可以变形的机器嘛，不过嵌入了一个人类的大脑……"

听到这样不尊重她的议论，法蒂玛非常生气，将手底的拉杆狠狠一扳——

冷聚变装置重新启动，下方的水体向两边分开，电梯如同一块空中的石头那样坠了下去。里面正说得高兴的两个人瞬时失重，几乎飘了起来。

"法蒂玛！怎么回事？"维弗利惊惶地叫了出来。

"抱歉，"从通话器中传来法蒂玛顽皮的声音，"加速度调得太快了，我只是一部机器，可没那么灵活！"

她的头出现在窗口上方，一头金发在水中向上飘扬着，向他们露出胜利的笑容。那个米诺用炽热的目光望着她。看着他深邃的蓝眼睛，法蒂玛忽然感到了心中的莫名悸动。

5

　　洋底的坡度平缓而稳定地下降着，法蒂玛跑了一百公里左右，大约下降了两公里，目前她已经在原来的海平面下六公里处，但还是看不到一滴水。这时候她隐隐看到了地平线上的群山，事实上，对面的高度和这里差不多，但却因为板块挤压而陡峭地挺出在上万米深的马里亚纳海沟上。法蒂玛极目望去，似乎看到了一抹蓝色的痕迹，也许那里还有一片剩下的海水？

　　但她很快明白，那只是自己一厢情愿的幻觉。在现在的温度和压强下不可能有液态水存在，刚才在近地轨道上的目测也证实了这一点。虽然她的眼睛是一部精密的电子仪器，但她仍然有着人类软弱的大脑。

　　来自欧罗巴的回复到了，一个熟悉的声音："法蒂玛？我是米诺。"

法蒂玛猛然站住了，在离开欧罗巴后，她还是第一次听到米诺的声音，她忽然想哭。

米诺继续说下去："法蒂玛，从你传回来的资料看，西太平洋区域已经彻底毁灭，有人幸存的几率微乎其微。但我们曾经收到过亚洲东部的求救信号，也许在地下深处的矿井中，找到幸存者的概率更大。紧急理事会希望你尽快去那边进行搜索。"

法蒂玛很怀疑这一点，当太阳爆发时，虽然强烈的辐射光在八分钟内就抵达地球，但真正导致大毁灭的太阳暴风在三天后才袭来。应该说人类有一定的时间防御。但是面对这样恐怖的灾难。有没有防御区别不大。地球在等离子气团的桑拿浴中穿行了一个多月。最初欧罗巴的确收到过来自地球一些角落的中微子波束，但几天后就归于沉寂。可能是通讯仪器被毁坏了，但法蒂玛知道，那些仪器虽说脆弱，总还比人体结实一点。

在地球之外，更接近太阳的水星和金星两大殖民地自然毁灭得比地球还要彻底。月球和地球一样无法幸免。火星平均单位表面积接受到的热量大约是地球的一半，受创比地球小，但封闭的生态循环系统却远比地球脆弱，火星上几个主要殖民地遭到毁灭性打击，二十万居民大部分在酷热中死去，剩下的几千人也奄奄一息。在火星轨道之外，除了一些小太空站和探测飞船，只有欧罗巴一个大殖民地。欧罗巴由于远离太阳，除了部分冰层融化外，较少受到太阳表面喷发的影响，但致命问题是无法自足，必须依赖地球或火星的补给，但如今的情况下，这一切都异常艰难。

"当然，"米诺继续说，"最重要的是你的安全，法蒂玛，我们不能再失去你了。"

法蒂玛有许多话想告诉米诺，但又不知说什么，最后只有说："如果可能的话，我会去的。但现在我缺乏交通工具。除了走没有别的办法登上大陆。深极站是我的家，我无论如何要先回来看看，何况即使没有人……或许……'原母'还能活下来，你知道的。"

是的，原母，她想，毕竟它们已经活了三十七亿年以上，有什么样的灾难没有见过呢？她心底又升腾起了新的希望。

6

法蒂玛第一次听说"原母"的时候，是和米诺一起在海底漫步，当然，她像人鱼一样自在地飘行着，而米诺身穿笨拙的深海潜水服，依靠背后的喷射推进器前进，还不时走歪了方向。

他们走了大约五百米，然后到了深极点，那是一段深海峭壁下崎岖不平的一小块地方，还不到一百平方米，米诺用探照灯照亮，看到硅藻泥海底中立着一块方尖形石碑，上面刻着"世界最深点: -11034 米"的字样。

"这就是地球上最深的地方，"法蒂玛说，"你看到了，所谓挑战者海渊，就是海底下一个大坑，其实一点意思也没有。嬷嬷说，刚开发海底旅游的时候，有些游客万里迢迢赶来，都会大失所望，待不上半小时就想走了，现在大家都去外星旅游，基本没人来了。"

米诺摊开手脚，让自己缓缓沉到海底，陶醉地闭上眼睛："但这里给我一种奇妙的感觉，我好像感到地球在跟我说话。"

"地球跟你说话？在这里？"法蒂玛哑然失笑，"米诺先生，你不会得了深海幻觉症吧？"

"一点也没有，我非常清醒。"

"你说你是个生物学家，"法蒂玛笑，"可说话却像个多愁善感的诗人。"

米诺也笑了："或许是我们外空间人对地球的那种乡愁吧，从小就觉得自己是在无根的漂泊中，想要找到根基所在……我来地球已经有些日子了，去过许多历史名城和风景区，不过只有在这里，我才真正感到自己是在故乡，自己的根基在这里。"

"可这里不是世界上最不像地球的地方吗？"法蒂玛忍不住大声抱怨，"没有城市和乡村，没有森林和草原，甚至没有海洋——我是说在海滩上看到的那种蔚蓝色的海洋。除了有水之外，这里看上去简直就像是月球的环形山！"

"不错。但是，你知道吗，地球生命就是从这里起源的，这也是我感到亲切的地方。"米诺说，一只没有眼睛的怪虾一拱一拱地从他眼前游过。米诺想去摸它，怪虾大概感到了水流的变动，迅速游走了。

"这里？在深极点？"法蒂玛闻所未闻。

"不一定，但肯定是在深海中。那是大概四十亿年前的事了，在地球形成后几亿年，整个世界被原始海洋覆盖，大气中几乎没有氧气，火山活动剧烈，气温远比现在高，来自初生太阳的辐射穿透海洋，催生了复杂的大分子结构。海洋就如同一锅炖了几亿年的肉汤，充满了丰富的原生质。终于，在某个时刻，因为不到亿亿分之一可能的巧合，在大海的深渊里，产生出了一个能够利用周围的原料复制自己的分子。猜猜这是什么？"

"第一个细胞？"

"唔，应该比细胞还早，"米诺谈兴大发，"最初应该还没有细胞膜，所以只是一个可复制的大分子。但这是生命的诞生，地球历史上最重大的事件，没有之一。自从第一个生命诞生后，我们可以想象，在相对很短的时间内，生命分子通过不断复制自己改造了整个地球，充塞了海洋的每个角落。这是第一个进化的奇点，不是吗？随后，因为遗传变异和环境的压力，生命开始缓慢地进化。"

"我知道，最后产生了人类嘛。"

"是的，不过还没那么简单。在地球历史早期，小行星的撞击远比现在频繁，生命在开始不久后就屡遭灭绝之厄。它们只有躲在海底才能获得安全，灾难过后又重新繁殖下去。这样的兴亡轮回可能在几亿年中发生过上百次，但生命挺了下来，在深海的沟壑里。后来又出现了新的变化，一部分原始生命进化出了光合作用，能够释放氧气，渐渐改变了整个地球大气的成分。原来的生命是不需要氧气的，氧气对它们来说是可怕的毒气。因此原始生命开始大批灭绝，幸存者进化为呼吸氧气的生命，它们就是人类和绝大多数现存生物的祖先。但是仍然有一部分最原始的生命在深海之下保存了下来。它们生活在海底火山的热泉附近，比细菌和真核生物更古老，被称为古菌，其中许多是嗜热菌类。”

“嗜热？”

“是的，它们的生存需要的温度高得难以置信，常常有一百二十度以上。”

法蒂玛听得入神了：“它们在这里吗？在深极点？”

“很可能，它们需要高热，通常在海底的热泉喷口附近。而在板块边缘地带热泉尤其多。事实上，我来深极站就是寻找这一带的热泉的，如果能找到一种理论上最古老的古菌——我称之为‘原母’——或许就可以解开生命起源问题中许多谜团。只是我们对海底的了解实在太少了。"

法蒂玛望向四周，微光中的海底峭壁巍然肃立，在她眼中，一切似乎变得不同了。这乏味的海渊变成了一个她从不知道的神秘渊薮，在亿万年的时光中，守护着生命原初的秘密。

"我知道附近的不少热泉，"她柔声说，"我会带你去的。"

7

　　法蒂玛离开了平原区域，进入了崎岖的"山区"，一座座犬牙交错的岩石山峰高高低低地矗立起来，有的甚至高达数千米，这是太平洋板块和菲律宾板块亿万年的冲撞挤压造成的结果。虽然拥有超凡的身体，但法蒂玛也只能艰难地通行。在陌生的环境下，她渐渐认出了一些熟悉的地貌。以前她曾经在漆黑的海渊中畅游，仅凭超声波定位，就可以轻松游过这些海峰之间的空隙，如今她却不得不在上面翻山越岭。

　　在灾变中，许多海底山峰发生了形变，有的崩塌了，有的表面明显已经熔解。这里是地壳最薄的区域之一，法蒂玛不禁恐惧地想到，如果温度再高一点点，达到岩石的熔点，或许整个太平洋地壳都会融化，大地将被岩浆覆盖。

法蒂玛沿着一条深壑，向海沟的深处走去。有好几次，她都以为自己看到了深极站的蛋形外壳在反射阳光，但那只是她的错觉。

但最后她到了，首先是看到了落到大洋底部的海上移动平台以及深海电梯，大概是因为发生了爆炸的缘故，都已面目全非，变成了一堆奇形怪状的废铁。然后她看到了深极站，一颗小小的珍珠，几乎完好无损地矗立在群峰的包围中，银色的合金外壳熠熠发光，仿佛丝毫无损。法蒂玛的一颗心提了起来，她知道深极站有坚韧无与伦比的耐压金属外壁，将内部和周围隔绝开来，更有完善的温度调节设备，或许里面的人还活着。嬷嬷、老乔治、劳拉、中村……或许他们还在那里。

"嬷嬷，我回来了！"法蒂玛叫着，向着深极站俯冲下去。

但没有人答应，她也无法从往常的入口进入，控制气闸的电子元件肯定已经在高温中熔毁了。她围绕着深极站走着，发现面前有一摊亮晶晶的东西。她认出来那是观光厅的超强化玻璃，它们能抵御海底的巨大压强，但是熔点不高，在高温中都融化了。整个观光厅只剩下一个东倒西歪的金属架。法蒂玛心里一沉，觉得自己几乎无法呼吸。她知道这意味着什么：炽热的高温气体早已侵袭了整个深海站，无人能够幸免。

她定了定神，跨过地下辨认不出的碎片，一步步走了进去，在光线照不到的地方打开手上的光源，照亮了四面的幽暗。在深极站的生活和科研区，大部分金属构架和器械都还一如旧貌，但塑料、玻璃和纸制物品已面目全非或荡然无存。她看不到任何人，在应该有人的位置，只有一些黑色灰烬和颗粒，她想起了那头鲸鱼烧剩的骨架，心一阵抽搐。

　　最后，法蒂玛推开了莫妮卡居室的门，外面的客厅保存得还相对完好，大理石的桌椅并无损坏，仿佛嬷嬷还坐在桌前一样。桌上放着几只陶瓷小猫，那是法蒂玛小时候的玩伴。童年的记忆涌上心头，她一步步走向里面的卧室。金属门从里面被锁死了，当法蒂玛终于设法推开门之后，厚厚的飞灰随着热风迎面扑来，撒得法蒂玛满身都是。

　　等法蒂玛终于有勇气望向房中时，她看到房间里散落着各种物品，但莫妮卡喜欢的木制家具和衣服都化为了灰烬，或许已和她本人的骨灰混在一起，无法分开。房间的金属壁上却仿佛多了一些东西。她慢慢走进房间，看到那是刻在墙壁上的一行行字迹。

8

"法蒂玛，这段日子你和那个外面来的米诺走得太近了。"那天，莫妮卡把她叫到卧室里，委婉地说。

法蒂玛顿时涨红了脸："嬷嬷，我十八岁了，我有交朋友的权利！"

"我不是想干涉你，不过……"莫妮卡叹了口气，"你和别的女孩不一样，你知道的。"

"以前你不是那么说的！每次我觉得自己和别人不一样的时候，你会说我是一个百分之百的女孩子！你给我买芭比娃娃，让我看《小妇人》和安徒生童话，现在你告诉我说，我是个怪胎？"

"我是希望你快乐，孩子，但你并不像其他人……你知道你的身体……"

"我恨透了这具可恶的机器，"法蒂玛抗议说，"这不是我的身体！将来我会有一个真正的身体的！我可以用脑细胞克隆一个，或者移植到其他的身体上去，到时候，我就可以变成一个真正的女孩子了！"

莫妮卡盯着她看了半天，然后叹了口气："那就等到时机成熟了再说，好吗？"后来，她们之间一直回避这个话题。

几天后的傍晚，法蒂玛和米诺驾着深潜艇，缓缓穿行在海沟北部的峰峦间，他们都一副倦容，今天他们毫无发现。米诺看到法蒂玛一副失望的样子，安慰她说："没关系，这段日子你已经带我找到了好几个热泉，让我发现了三种新的古菌，已经是很大的收获了。"

"但是你说过，里面没有你想找的那种——原母？"

"那是理论推演中最原始的一种古菌，足以填平几大进化分支之间的缺失环节。存活的条件应该也最为特殊，或许早已经从地球上消失了，又或许会在别的海域，比如东太平洋海隆或者大西洋中脊。"

法蒂玛觉得自己的心沉了下去："所以……你要离开这里吗？"

"不，不会那么快，毕竟这一带还有很多地方没有勘探到，我会再待个把月，再去西南面勘探一下，然后……不管怎么说，这段时间很感谢你帮我，法蒂玛。"

"你多好啊，可以想去哪里就去哪里。但是我只能待在这里。"法蒂玛幽幽地说。

"为什么？库伦博士不让你走？"

"不是嬷嬷，是这副身体，该死的纳米机械体。政府觉得我是个难以控制的怪物，怕我会危害他们，所以没有给我合法身份，不让我离开这里。当然，他们没有明说，找出了一些冠冕堂皇的理由，比如脑机接口还不稳定，可能出问题什么的。"

"也许有道理，上次你说过，参加实验的其他几十个婴儿都因为脑机间无法协调而夭折，只有你活下来了。"

"我不知道，我只知道再困在这里我就要疯了！但是军方不肯放过我。他们说，十八岁以前我都得待在这里，一切等我成年以后再说。我想到时候，他们也许还有什么别的借口呢。"法蒂玛说着就怒气冲冲。

米诺想了想："我对政治问题不太了解，不过，如果你愿意的话，我可以问问库伦博士，能不能让你跟我去海底别的地方继续勘探，这样的话，你也没有踏上陆地，应该不算违反了规定。"

法蒂玛的目光中放出惊喜的光彩："真的吗？我当然愿意

了！可是不会给你添麻烦吧？”

“当然不会，我非常需要你这样有海底生活经验和工作能力的助手——咦？”

这时候，深潜艇中远红外线热成像仪上的绿灯闪烁了起来，表示探测到了一个出奇高热的目标，在一个深深的岩洞里。

他们又惊又喜，法蒂玛让米诺留在深潜艇中，自己从一条大裂缝里潜进去，不久就在岩洞深处看到了一根翻滚的黑色烟柱。那是夹带矿物质的海水喷泉，温度高达 130 摄氏度。法蒂玛顺利采集了一些样本到携带的高热釜中，半小时后，他们就在显微镜下看到一群见所未见的半月形微生物在充满硫化物颗粒的金属汤中蠕动着，嬉游着，分裂着……

那就是米诺一直在寻找的“原母”，后来，他们把那个洞穴称为——生命之洞。

9

"法蒂玛，库伦博士的事我很难过。"米诺在通讯仪里呼叫了她，"你还好吗？"

"我没事，"法蒂玛干涩地说，"我会再去附近看看的，也许会有什么发现。我想先去生命之洞，希望有所发现。"

她离开了只剩下一层灰烬的房间，离开了深极站。一小时后，她到达了生命之洞，洞穴在她头顶几十米的高处。以往海水从低处渗透进地层，被下面的地热加热后沿着岩石缝隙上升，带着各种矿物质从上面喷出。形成洞中的喷泉，但现在一滴海水也看不见，只有黑沉沉的石头山。

法蒂玛让自己的手掌变成吸盘状，吸附着岩石，攀了上去，爬进了山洞。她用光源照着四周，幽暗的岩洞深处散落着黑红色的硫化物，间以银色的金属颗粒，但是最里面的裂缝是一个空洞，热泉早已不复存在，法蒂玛随手抓起一把粉末，握紧了拳头，听到它们在自己手心吱吱作响，然后松手，任它们飘散在地上。这里早已没有了生命的痕迹。没有水，什么也不可能存在。原母，那地球的生命之母，经历了亿万年的无数灾难，最终也无法熬过这场人类带来的浩劫。

法蒂玛黯然站了很久。自从发现原母后，这里她来勘探过十多次，每次都是和米诺一起，这里也留下了她和米诺之间一串串美好的回忆。至少对她而言。但现在……

"法蒂玛。"这时候，米诺的回复来了，"你怎么样？有什么发现吗？"

"洞里也什么都没有。"她干巴巴地说，"原母肯定都灭绝了，这里没有，其他地方也没有。"

米诺没有回答，要半个小时之后他才可能听到她的信息，然后再过半小时，他的回复才能传到她耳中。但即使他知道了，又能说什么呢？

她神态恍惚地走到洞口，无意识地跨出去，让自己坠下悬崖。摔得完全变了形，然后她的身体又在自我保护的指令下慢慢恢复原状。法蒂玛躺在那里，懒得动弹，她在电子角膜中调出了各种虚拟画面，巴黎，雅典，北京，纽约……一个个伟大的人类都市都已陨灭，化为尘土。地球上已没有任何生灵存在，最后的人类残余在火星和欧罗巴上苟延残喘，看来也不可能撑多久。

一道泪水从她眼角淌过，落到地上。

不，法蒂玛知道自己不会流泪。她的大脑虽渴望哭泣，但机械身体没有这样的功能。

她迷茫地坐起身来，望着地下的水点，一时不知道是怎么了，最后，她才发现一滴滴水是从天穹上的云团中出现，又落在地下。

下雨了。

10

　　"原母"的基因序列被探明后，诸多特征无可辩驳地证明它是地球上现存最古老的生物。它在进化的阶梯上至少在三十七亿年前就和其他一切生物的共同祖先分道扬镳，此后极少变化。它不太可能一直单独生活在深极点附近，因为这里的形成也不过一亿多年。或许是从别的地方迁移来的，或许在广袤海洋的深处还有许多原母的同类有待被发现。

　　生命起源中缺失环节的发现引起了新闻界和民众很大的兴趣，作为原母的发现者之一，法蒂玛虽然并没有学历，却和米诺一同分享了这一荣誉。在舆论界的压力下，不顾军方的禁令和嬷嬷的挽留，法蒂玛和米诺一起离开了深极站，如愿以偿地到了巴黎，又去了纽约和东京，见识了她梦寐以求的外部世界。

最初，法蒂玛的美少女形象很受人们欢迎。但很快有消息灵通的记者传出消息，说她是一个深海探测机器人，并非人类。军方旧日的计划曝光，引起了民众的巨大恐慌，除了法蒂玛本身的超人力量和存活能力令人畏惧外，更是谣言纷起，有人说法蒂玛身上内置了一枚核聚变炸弹，可以毁灭一座城市。也有人说，组成她身体的纳米体将会失控，吞噬整个世界。这些谣言带来的恐慌远远盖过了先前的科学发现，铺天盖地的谩骂诅咒接踵而来，说她是"人形杀人机器"。法蒂玛的一点点荣誉，很快变成了无止休的污名。

法蒂玛毕竟只是一个十八岁的女孩。她精神崩溃，彻夜难眠，这时候她才明白嬷嬷不让她离开深极站的良苦用心。是米诺安慰和保护了她，让她免受了许多骚扰。在法蒂玛的强烈要求下，米诺为她安排了移植克隆身体的手术，现在法蒂玛把获取新生的全部希望都寄托在这上面。但当她兴奋地打电话告诉嬷嬷这件事时，嬷嬷却说：

"法蒂玛，你……不能去进行大脑移植。"

"为什么？"

"我……向你隐瞒了真相，"嬷嬷的声音低沉起来，"但现在必须告诉你了，当初你之所以能活下来，是因为我改变了人机连接方式，直接将纳米体深深植入你脑部深处，它们取代了神经胶质细胞，模拟了人类的脑结构，你的大脑至少一半是由纳米体构成的，无法再移植到普通人类的身体里去。"

法蒂玛惊呆了："你为什么要这么做？"

"军方本来计划培养出人机结合的特种战士。但以往的尝试都失败了，我冒险一试，反而获得了意外的成功。你活下来了，虽然身体像成人，却像婴儿一样无知无助。我女儿在战争中被炸死了，我照顾了你很长时间，越来越喜欢你，最后把你当成了自己的女儿。我知道他们知道我成功后，肯定会拿你去做各种实验，甚至会切开你的大脑进行研究……所以在报告里隐瞒了真相，误导他们认为这是无法复制的偶然……后来，当计划被废止后，我带你离开了军队，去了深极站，你就在那里长大。"

"这么说，我根本就不是人类？连……连大脑都不是？"

"你当然是，孩子，"莫妮卡无力地说，"你是一个很好很好的女孩儿，只是具体来说——我是说——"

"你说谎！我恨你！为什么要让我活下来！我再也不想见到你！"法蒂玛尖叫着，将电话在手里捏成碎片。

她不得不取消了手术，不敢告诉米诺原委，米诺也没有问为什么，过了几天后，他对她说："我要把一些原母的样本送回欧罗巴，你有没有兴趣一起去？那里只有一个很小的殖民地，但你可以看到木星升起时横亘半个天空样子，带着气势磅礴的条纹和大红斑，以及一连串珍珠般的卫星，美极了。任何去过的人都忘不了，我想你或许可以去散散心。"

"好啊。"她轻声说，心中一阵酸楚的甜蜜。她知道自己永远也不可能和米诺在一起了，因为她不可能变成真正的人类，但至少现在米诺还在她身边。

到欧罗巴的旅程是法蒂玛最开心的一个月，因为她每天都可以和米诺朝夕相处，无所不谈。但法蒂玛的喜悦在下飞船的那一刹那终结。飞船和基地对接后，她走出飞船，就看到在舷窗外木星的炫目光芒之下，一个热情如火的红发少女向米诺跑来，和他紧紧相拥在了一起。米诺拉着少女的手，说是他的未婚妻米莉亚，介绍给她认识，那时候，法蒂玛强笑着，忽然想起了一篇读过的安徒生童话。

他怎么会爱我呢？就算脱去了鱼尾，我也不是人呢，她苦笑着对自己说。

一个月后，法蒂玛不顾米诺的挽留，孑然返回地球。当她越过小行星带时，那颗彗星撞击了太阳。

11

雨淅淅沥沥下了起来，很快从小雨转为瓢泼大雨，最后竟如瀑布般倾泻。水不仅从天上落下，也从四面八方的高地奔流下来，成为大地上最初的江河。法蒂玛站立着，看着脚下干涸的海谷再次被水所覆盖和充塞，看到浑浊的泥浆盖过自己的脚背和膝盖，沿着双腿，漫过膝盖，上升到自己的头顶。她心中被惊喜所充满，合拢双腿，让它们连在一起，长出鱼尾，在海水中舒展着身体，那种熟悉的感觉又回来了。

大雨下了整整六十个昼夜，四十亿年来最大的一场雨。

随着等离子气团的消散，温度降低，萦绕着地球的水蒸气再度凝结为液态水，返回地球表面。在太阳灾变中，已经有很大一部分水体在蒸发后被驱散到星际空间，法蒂玛不知道有多少，但是剩下的水仍然足以填平低洼的大洋盆地，古老的诸海洋开始复生。

但生命却没有随着海水一起回来。几天后，法蒂玛离开了海沟，在大洋深处游弋着，寻找着可能残留的生命。但却连一只磷虾，一片海藻都没有见到。即使那些躲藏在深海岩石底下的古菌，也都已无影无踪。

地球返回到了生命出现之前。被太阳过分加热的其他后果逐渐显现出来：火山活动比以前剧烈了百倍，天空中布满了火山灰的黑云，水汽和火山喷发出的二氧化碳等气体逐渐形成了新的大气层，但是几乎没有氧气。即使有什么高等生命能够在太阳灾变中幸存下来，也无法熬过以后的时光。

法蒂玛和米诺一直保持着联系。米诺告诉她："现在太阳系剩下的人类已经不多，大概不到一千人，大部分人没有可循环生态系统的支持，只能消耗现有资源。他们撑不了几个月的。而地球也不再适合人类生存。即使像欧罗巴这样有自己生态系统的殖民地，许多必需的设备也需要地球的工业配件，无法自己生产，而这些配件中一些重要部分必然已经在高温中融化了，因此……"

他顿了一下，法蒂玛明白他的言下之意：人类的灭绝只是时间问题。

"欧罗巴还能撑两三年，在这段时间里，我们欧罗巴上的人类只有一件事情可以做：在欧罗巴的冰下海洋中，也有类似海底热泉一样的地质构造，或许在那里我们可以让原母重新繁衍。也许亿万年之后，生命的花朵会再次从这块移植的根茎上长出来的。

"你的飞船还在吗？回欧罗巴吧，我们几个最后的人类应该在一起，至少彼此不再孤单。再说，我和米莉亚也很牵挂你。"

法蒂玛静静地躺在深极点的石碑下，聆听着宇宙深处那个人传来的声音。她不知道怎么回答，答案已经在她心里写下，却难以说出口。

最后她听到自己的声音说："不，米诺，我不会再离开地球，这里才是我的家，我会在地球上继续搜索幸存者。祝你和米莉亚……能够幸福。"

尾声

法蒂玛在茫茫大海上仰望着天空。天上仍然阴云密布，大海上波涛起伏，却没有一点生命的迹象。

两年过去了。在过去的两年中，她走遍亚洲和美洲，遍访那些昔日大都市的废墟，以一种从未想过的方式实现了环球旅行的夙愿。但她一无所获。在地下数千米的矿井中，她发现了几具保存相对完好、还没有变成焦炭的尸体，仅此而已。那些人或许熬过了头几天的酷热，但无法熬过大气层的消失。

法蒂玛自己的大脑供氧是皮肤电解水得到的，使用的是冷聚变能。一系列复杂的纳米聚合体在她体内将皮肤摄入的元素合成各种有机物，作为滋养她大脑的养分。在满目疮痍的地球上，她仍然保持健康，长命百岁毫无问题，也许能活两百岁，如果她的大脑能允许的话。法蒂玛禁不住想，如果人类都拥有她的身体，那么完全可以熬过这次灾劫。但人类却出于对机械人的恐惧，立法拒斥这项技术，几十年来只有她这样一个怪胎出现。

愚蠢而自大的人类，无时无刻不在犯着可笑的错误，却总能获得上帝的原谅。只是到了最后，上帝的耐心用完了。

法蒂玛最后望了一眼天空，她告别了海面，摇曳着鱼尾，向海底深处潜了下去。

七天前，她收到了久违的米诺的信息，最近几个月，她和欧罗巴之间的通讯几乎中断了。她很想念米诺，不知道在欧罗巴发生了什么。但米诺的信息也只有断断续续的几句话，听得出他已经相当虚弱：

"坏消息……播种的原母全部死亡了……欧罗巴的海水成分……它们无法存活……生态崩溃……食品供应中断……米莉亚昨天已经死了……我也……"

"米诺，你怎么样？米诺？米诺！"

她焦急地呼叫着，但几个小时过去了，然后是十几个小时，然后是几十个小时，她始终没有收到回复。

两个星球之间的联系永久中断了，再度被深不可测的空间分开，正如过去的几十亿年和未来的无数岁月一样。

法蒂玛越潜越深，已经能够看到海底的深谷了。海水包围着她，虽然没有了生物，但还是地球的大海，如此温暖、舒适，充满熟悉的气息，如同母亲的子宫。而欧罗巴的海水是潮汐作用形成的，寒冷粗粝，如同流动的冰，完全没有这种美好的质感，法蒂玛一点也不奇怪，原母没有办法在那里存活下去。她记得自己在欧罗巴上最后的那几天，当她在尝试在数百公里深的冰水中下潜时，忽然被一种极度陌生的恐惧所抓住。她忽然明白，这才是真正冷酷的深渊，而深极点只是母亲的怀抱。在那一刻，她无比想念太平洋的水流，想念嬷嬷的慈爱，老乔治的憨厚，中村的认真，甚至维弗利的刻薄……

　　于是她决定返回地球，也许她会面临更多更大的压力，但一切总会平息，她会在深极站平静地生活下去，和嬷嬷他们相依为命。这个决定和米诺和米莉亚无关，而是她终于找到了自己真正属于的地方。

　　只是当她返回时，一切已经面目全非。

　　法蒂玛降到了海沟底部，然后游向生命之洞。她进到洞的最里面，看到一缕浓浓的黑色烟柱从一条缝隙中冒出，在水中飘荡着。法蒂玛测量了温度，一百四十六度，即使原母也无法忍受的高温。但对她来说，一切刚刚好。她向着黑烟出来的裂隙潜了下去。一种从未有过的亢奋充满了她全身。

"米诺，这个世界还有希望，"她说，怀疑在六个天文单位之外是否会有米诺或其他人类听到这一信息，但她还是想说，事情因此才具有意义，"我会重新赋予这个星球以生命。"

在她说话时，她看到自己的皮肤开始裂开和脱落，露出了一层层的精密组织，它们都是由纳米体构成的，而它们也渐渐溶化在这富含大量金属元素的黑浆中。

"你知道吗？嬷嬷在临终前，在房间的金属墙壁上用激光刀刻下了给我的遗言，告诉了我这副身体中的许多技术细节，她知道我一定会回来的。我想她希望我能在剧变后的地球上活下来。

"组成我的纳米体，某种意义上也是一种细胞，和古菌很类似，有简单的可复制分子结构。不需要氧气，而是依靠热能进行活动，只需汲取硅、水和若干金属就能复制自己。如果说有什么不同，那就是：它们是硅基的。这其实更有利，地壳中四分之一都是硅。海底更是到处都是硅藻泥。

"在绝大多数情况下，它们保持活性，执行命令，但不会进行自我复制，否则我早已被癌细胞所吞没，世界也早已被侵蚀干净。但在孕育它们的培养基中，由于热能的催化，它们才能高速繁殖，因为那恰恰也是富含营养物质、一百几十度的高压汤。"

法蒂玛感到自己周身的纳米体都被激活了，它们扭动着，跳跃着，快乐地和身边的同伴告别，解除了一切联系，跃入周围欢腾的水分子之中，在那里，它们得到了远大于那点冷聚变能的无尽热源，还有丰富的食物可以享用。

"我发出了最后的指令：分解自己，这是一个很难掌握的指令，但我学会了。一旦分解，我永远无法复原。我不可能把自己的身体重聚起来。这些微小的纳米体将在炽热的黑泉中活下去，并从周围的矿物质中汲取养分，一代代繁殖自己。暂时它们不可能离开这个环境，否则会因为温度降低而丧失活性。在未来几百几千年里，它们都将活在这儿，被囚禁在深海热泉中。但这种复制会逐渐发生错误，大部分错误是有害的，但总有一部分变异的纳米体会适应更温和的环境，在外部生存下来。这只是时间问题，而进化，最不缺的就是时间。"

法蒂玛感到了意识渐渐模糊，她的身体已经无法正常运作，大脑供氧也越来越慢了。这个大脑——古老原母最后的后裔将会在几分钟内因为缺氧死去。但她必须说完这件事。

"我不知道这件事在什么时候会发生，但只要地球继续存在下去，这件事必将会在某个时间点发生。那将是地球的第二奇点。随后最多只需几千年，这些纳米体的变异后裔将充满大海，随后发展出各种千奇百怪的形式，被进化的伟力重新组合起来，变成新的多细胞生物。它们将在亿万年后登上陆地，重新开始向智慧巅峰的漫长进军。

而我，以及你和所有人，我们灭绝的人类将永远活下去，和它们一起活下去。纵然这些亿万年后的遥远生命已经不可能再记得我们，或这个史前地球的任何信息。但它们是人类的造物，我们将和它们同在，直到永远。或许这一切早已发生过了，谁知道呢？……"

"我曾经憎恨过这个身体，憎恨过制造它的嬷嬷，憎恨过全世界，也恨过你……但现在不了。生命的出现已经是一种恩典，我们都需要感恩。

"我爱你，米诺。我也爱嬷嬷，爱人类，生命以及整个世界。这份爱将和新的生命一起活下去，直到亿万年之后。"

在大海深渊中的洞穴里，法蒂玛的身体翻滚着，像肉一样被煮烂，变得面目全非。但她并没有感到死亡，而是感到如波函数般发散的愉悦。在她不成形的脸上泛起最后一丝微笑，而那微笑就凝固在了那里，直到那残存的头颅也在黑烟中化尽。

而新生的生命在周围欢歌着，它们的舞蹈宛如江河，宛如潮汐，宛如日出日落，生生不息。

特赦实验

1

狱警打开了厚厚的铁门，西装笔挺的男人走进囚室，上下打量着。这是一个很狭小的房间，除了一张床外几乎一无所有，床上一个穿着囚服的人背对着他躺着。

"布雷沃克先生？"男人小心翼翼地唤道。对方没有回答，他又叫了两声，对方仍然一动不动，男人刚想走近，那个人才懒洋洋地说话了："你是谁？我不接受探视，他们怎么让你进来的？"声音沙哑而含糊。

"我叫贝克·奥尔森，"男人自我介绍说，"是为了您的案子来的——"

"这么说你是法庭派的辩护律师？"布雷沃克急躁地转过身，打断了他，"他们接受我的上诉了？"

"据我所知，您的上诉很特别，是请求改判为死刑。"

"是的。比起终身监禁来，我宁愿是死刑，来个痛快的。"

"这恐怕比较难办，"奥尔森慢条斯理地说，"您知道，和大多数文明国家一样，我国早已废除了死刑。虽然由于您的案子，引起了社会上的激愤情绪，也有人在报纸上主张恢复死刑。但作为法治国家，这是不能接受的。当然，减为有期徒刑的可能也很小，老实说，您的极端主义做法令世界震惊，为了偏执的种族主义理念，近百人死在您的炸弹和枪击之下，证据确凿，我也无法帮您脱罪……"

"那你他妈的还来干什么？"布雷沃克不耐地说。

"我是来告诉您一个好消息，"奥尔森说，"只要您愿意和我合作，就有机会在有生之年重获自由，也许在还年轻的时候就能离开这里。"

"这怎么可能……慢着！"布雷沃克眼神锐利地盯着眼前的男人："你不是律师，你是什么人？"

奥尔森露出了高深莫测的笑容："律师帮不了您，但是我能。"他递给布雷沃克一张名片，布雷沃克看到了"……皇家科学院高等医学研究所特级研究员"一行字。

"我们正在实验一种非常重要的新药物，只要您自愿成为实验者，就能获得特赦，得到您梦寐以求的自由。这里是政府颁发的特赦协议书。"奥尔森拿出一个文件夹。

布雷沃克精神一振，坐起身来，接过文件，仔细翻看着："嗯，条件看来不错……这么说，我真的只要参加实验就能获得自由？"

"是的，在实验结束后，无论什么结果，您都可以获得自由。下面是国王和首相的签名，具有无可置疑的法律效力。"

"如果实验失败呢？我会死得很惨吧？"

"这很可能，我不想瞒您，之前的动物实验有超过30%的死亡率，要不然也不会找您了，"奥尔森坦白说，"不过，这不也是你期盼的吗？无论怎样，您都没有损失，总比在这里一辈子关着强。"

布雷沃克露出了讥讽的笑容："没错，怎样都比现在强……但你们实验的是什么药物？"

"这是绝对机密……"奥尔森凑到他的耳边，轻声说了句什么。

布雷沃克不可思议地瞪大了眼睛。

2

一年后。

布雷沃克无力地呻吟着，如同在地狱的烈火中被煎熬着，又如被浸入冰窟，周身的每一寸皮肤，每一块肌肉都感到了并存的灼热、冰冷、刺痛和麻痒，五脏六腑如同向各个方向被拉扯着，又像被揉成一团，各种无视矛盾律的痛觉纷至沓来。他想挣扎却挣不开，因为他现在被捆绑在一张病床上，头发掉光了，周身的皮肤已经全部溃烂。

他知道自己为什么如此痛苦，这是一次史无前例的实验，他身上的每一个细胞都在被各种生物化学反应粗暴地蹂躏着，仿佛整个身体随时要散成一堆单细胞的原浆。

但这是为了人类梦寐以求的长生不老。

奥尔森告诉他，人的寿命有限，根本原因在于细胞分裂的次数有限，而这又是因为染色体末端一种叫作端粒的小颗粒。端粒每复制一次，就会损耗一点点，变得更短，一旦完全耗尽，细胞就不再分裂，人就会老死。如果能保持其长度不变，就能使它持续分裂。问题的关键在一种端粒酶上，它能够使端粒延长，让复制有序进行下去。给他注射的这种药物，含有一种特殊活性物质，被称为"长生素"，能够有效地保持人体细胞端粒酶的活性，但又不至于演变成分裂完全失控的癌变细胞，这样理论上就能实现永生。

但这只是理论，要使它变成事实需要大量的人体实验。其他几个被试验者都因为受不了痛苦折磨而先后退出，现在只有布雷沃克还在。这种试验要对人体进行全方位的改造，深入身体的每一个细胞，痛苦异常。布雷沃克相信，就是濒死的绝症患者也不愿意用这种方式来换取生命。最可怕的是没完没了，反复注射。已经有一年多了，他天天都生活在极度的肉体痛苦中。他好几次想毁约，但想到在监狱里还要苦熬几十年的日子，他就不寒而栗。重获自由的强烈意愿终于让他坚持到了今天。

"我真的受不了了，究竟什么时候才能结束？"他有气无力地问一旁的奥尔森。

"很抱歉，"奥尔森对他说，"看来我们的实验似乎走入了歧途，还需要一阵子……唉，如果丽莎还在，也许我们就不会走这样的弯路了。"

"丽莎是谁？"

"长生素的发现者，"奥尔森说，"我们所里最优秀的专家，做出过很多重大突破。可惜她最后在研究适用于人体的药剂时忽然去世了，没有了她，研究也不得不放慢脚步……所以需要你帮忙做许多实验。"

"我受够了，让我回牢里去，老子不干了！"

"那不就前功尽弃了？"奥尔森劝他说，"您白受了一年多的苦，还得回去蹲无期徒刑。其实老实说，我们离突破的曙光已经很近了，您真的要放弃吗？"

"这个……"布雷沃克犹豫了。

"您再忍忍吧，"奥尔森见状说，"我保证用不了多久，您就会成为永垂史册的人类功臣，约翰，再给布雷沃克先生来一针——说不定下一针就成功了。"

3

奥尔森说中了, 这一次效果很好。疼痛和麻痒渐渐消失, 周身的皮肤也换了一层新的, 一个疤痕也没留下。布雷沃克长出了新的头发, 甚至换了牙, 仿佛年轻了十来岁。奥尔森也没有再给他继续打针。

"试验取得了重大进展!"两个月后, 奥尔森对他说,"经过全面体检, 发现您周身细胞已经更新了, 而且还在健康有序地分裂中, 看来我们的药物发挥了作用, 您已经完全恢复了健康, 甚至恢复了青春, 您的身体状态相当于十八岁!"

"这么说我……获得永生了?"布雷沃克惊喜地说。

"很可能是这样。"

"好极了!"布雷沃克与其说是为永生而欣喜, 不如说是为了失去已久的自由，"我可以离开这里了吗？"

"当然，您不需要再待在研究所了。"

布雷沃克从床上一跃而下，向门口走去。但打开门后他呆住了，那里站着四个狱警，他们一拥而上，抓住他，给他戴上手铐。

"你们疯了？我是被特赦的！"布雷沃克惊呆了，"奥尔森！这是怎么回事？"

"我跟您说得很清楚了，"奥尔森微笑着"实验结束后特赦令才能生效，之前您在理论上还是囚犯。"

"可实验不是已经成功了吗？"

"具体操作的部分结束了，但还不能说完成，我们还在观察期。"

"什么见鬼的观察期？"

"细胞分裂仍然是不稳定的，可能出现这样那样的变化，我们现在还不知道会维持多少代，最后的结果还没出来，还要留着您进行一些观察。只有证明细胞可以稳定地无限代分裂了，实验才能算正式结束。因此，我们还需要一个相对较长的观察期。"

"你这混蛋！"布雷沃克挣扎着，"要观察多久？一年？三年？总不至于要五年十年吧？"

"请您冷静下来。我们需要证明您拥有永生的能力……根据初步估算，至少需要——两千五百年。"

"你疯了吗？让我在那个鬼地方呆两……两千五百年！"

"这也是不得已的，"奥尔森叹了口气，"自然界很多树都能活几千年，但是我们不能说它们获得永生了，不是吗？您作为第一个永生者，我们当然要长期监控。即使在永生药剂正式上市后，也还要一直观察下去……其实也没什么，如果实验成功的话，两千五百年后，当您离开监狱时，您还会像现在这样年轻，一根白头发也不会有。"

"放屁！你去坐两千五百年牢试试看！"

"我想，"奥尔森冷冷地说，"在永生的报偿面前，这不算什么，谁让您是终身监禁呢？另外，在那起爆炸枪击案中，您夺去了八十五个无辜者的生命，每一个人只算损失三十年寿命的话，两千五百年也不算多，不是吗？"

"奥尔森，你这个混蛋，你全家都不得好死！"布雷沃克想到要在狭小的囚室里度过两千五百年岁月的可怖前景，歇斯底里地狂骂起来。

无望挣扎中，布雷沃克被狱警拖上了囚车。车子呼啸着离开了研究所，向着监狱方向而去。奥尔森从口袋里掏出一张照片，长久凝视着，擦了擦眼角，喃喃自语："现在你和孩子可以安息了，丽莎。"

照片上，一位美丽的女性抱着襁褓中的婴儿，灿烂地微笑着。

通向平行宇宙之门

"丁教授您好，我是——"一个漂亮女人出现在正在忙碌的丁教授身边，带着动人的笑容。

"出去！没看到我在做重要实验吗！"丁教授不客气地斥道。

"我是《南方周报》记者，是罗院长让我来采访您的。"女记者笑容不改，将重音落在"罗院长"三个字上："听说您今天的实验会打开通向平行宇宙的大门？"

"对，这将验证我十年前提出的大统一理论。"丁教授简略说。

"您能给我们介绍一下什么是平行宇宙吗？"

"记者小姐，不要用这种幼稚问题浪费我时间，我还要做实验！"丁教授不耐烦地说。

"您不觉得纳税人有权知道政府拨给你们的经费用来干什么了吗？"记者寸步不让，"您这个态度未免……"

"好吧，"丁教授选择了妥协，"简单说，平行宇宙就是这个宇宙的一种可能状态，由于量子不确定性引起宇宙的分裂。"

"量子不确定性？"

丁教授皱了皱眉头："你知道，微观粒子呈波粒二象性，它们同时可以出现在不同的地方……"

"波粒二象性？"

"你可以想象，每一个粒子都是一个小精灵，它们可以选择往左边飞还是往右边飞，这是不确定的，因为他们有……呃……自由的精神。"

"太奇妙了，这下我明白了。"

"很好，当一个粒子做出选择的时候，宇宙随着它选择的不同也分成了两个。"

"这么说，宇宙本质上是自由的？并能创造无限的宇宙去容纳自由？"

"你可以这么认为。"

"太好了！那么您将打开哪一个平行宇宙？我听人说您会打开有恐龙和魔法师的宇宙？"

"呵呵，哪有那么夸张，平行宇宙之间也有某种'距离'隔开，也就是能量势垒，我们的能量只能到达最近的平行宇宙，量子计算机会自动选择离我们最近的平行宇宙，也就是和我们最相似的平行宇宙。"

"那么相似到何种程度呢？"

根据我们的公式计算是……你可以看看这个公式。"丁教授指了指边上的一块演示屏。

"好复杂……嗯，这个分母是一个倒 8……"

"那是无穷小！差异将是无穷小。也就是说，这个宇宙和我们的宇宙几乎是一模一样的，只是可能在宇宙尽头的某个电子、光子、中微子或者夸克的状态略有不同而已，具体有什么区别我们还不很清楚。"

"那么，在那个宇宙中也有一个丁教授，在做同样的实验吗？也有一个我在提问？"

"这一点不会有什么不同。"

"那么我们能走进那个宇宙，见到那个丁教授和我自己吗？"女记者大感兴味。

"呵呵，你可以走进那个宇宙，但不可能见到同样的你。因为两个宇宙之间是几乎一样的。同时那个宇宙中的你也会走进这个宇宙，你们正好相互交换了。你甚至不可能看到对方，因为两个宇宙之间不是对称，而是重合关系，这个宇宙中的你从左走到右，那个宇宙中的你也是从左走到右，没有什么不同。"

"那么，我们怎么知道这确实是两个宇宙之间的通道，而不是一个骗局呢？"

"你会看到那个设备中间出现一个光圈，我们会把若干实验物体从光圈中推过去，如此而已。当然，实际上出现在光圈另一边的已经是来自平行宇宙的同样物体了，但是看不出任何区别来。对于公众来说，确实看不出什么不同。"

"您没有回答我的问题，公众怎么能知道这不是一个骗局？"女记者咄咄逼人。

"呵呵，关键在于两个宇宙之间的'门'本身，"丁教授胸有成竹，"这扇门一旦创造出来就不会关闭，成为空间内部的固定结构，将两个宇宙彼此打通。即使我们移走所有的仪器，它仍然不会消失，并且会对周围时空产生轻微扭曲，其效应可以通过仪器测量。当然，我说过，这对世界本身来说实质上并没有任何影响。"

"这样啊，那您什么时候能创造出通向更奇妙的平行宇宙的大门？"

"这个嘛……等我们创造出足以通向恐龙和魔法师的宇宙的大门时，再请您来采访吧。现在可以开始实验了吗？"

助手们遥遥答应着。很快，一台橄榄色的机器发出了低沉的轰鸣，在那台机器深处，肉眼不可见的电子跳着诡异的量子之舞，以接近光速的高能量冲击着宇宙间的能量势垒，要打开距离自己最近的平行宇宙的大门。

那个和我们最相似的平行宇宙中——

"丁教授您好，我是——"一个漂亮女人出现在正在忙碌的丁教授身边，带着动人的笑容。

"出去！没看到我在做重要实验吗！"丁教授不客气地斥道。

"我是《南方周报》记者，是罗院长让我来采访您的。"女记者笑容不改，将重音落在"罗院长"三个字上："听说您今天的实验会打开通向平行宇宙的大门？"

"对，这将验证我十年前提出的大统一理论。"丁教授简略说。

"您能给我们介绍一下什么是平行宇宙吗？"

"记者小姐，不要用这种幼稚问题浪费我时间，我还要做实验！"丁教授不耐烦地说。

"您不觉得纳税人有权知道政府拨给你们的经费用来干什么

了吗？”记者寸步不让，“您这个态度未免……”

“好吧，”丁教授选择了妥协，“简单说，平行宇宙就是这个宇宙的一种可能状态，由于量子不确定性引起宇宙的分裂。”

“量子不确定性？”

丁教授皱了皱眉头：“你知道，微观粒子呈波粒二象性，它们同时可以出现在不同的地方……”

“波粒二象性？”

“你可以想象，每一个粒子都是一个小精灵，它们可以选择往左边飞还是往右边飞，这是不确定的，因为他们有……呃……自由的精神。”

“太奇妙了，这下我明白了。”

“很好，当一个粒子做出选择的时候，宇宙随着它选择的不同也分成了两个。”

“这么说，宇宙本质上是自由的？并能创造无限的宇宙去容纳自由？”

“你可以这么认为。”

“太好了！那么您将打开哪一个平行宇宙？我听人说您会打开有恐龙和魔法师的宇宙？”

“呵呵，哪有那么夸张，平行宇宙之间也有某种‘距离’隔开，也就是能量势垒，我们的能量只能到达最近的平行宇宙，量子计算机会自动选择离我们最近的平行宇宙，也就是和我们最相似的平行宇宙。"

"那么相似到何种程度呢？"

"根据我们的公式计算是……你可以看看这个公式。"丁教授指了指边上的一块演示屏。

"好复杂……嗯，这个分母是一个倒8……"

"那是无穷小！差异将是无穷小。也就是说，这个宇宙和我们的宇宙几乎是一模一样的，只是可能在宇宙尽头的某个电子、光子、中微子或者夸克的状态略有不同而已，具体有什么区别我们还不很清楚。"

"那么，在那个宇宙中也有一个丁教授，在做同样的实验吗？也有一个我在提问？"

"这一点不会有什么不同。"

"那么我们能走进那个宇宙，见到那个丁教授和我自己吗？"女记者大感兴味。

"呵呵，你可以走进那个宇宙，但不可能见到同样的你。因为两个宇宙之间是几乎一样的。同时那个宇宙中的你也会走进这个宇宙，你们正好相互交换了。你甚至不可能看到对方，因为两个宇宙之间不是对称，而是重合关系，这个宇宙中的你从左走到右，那个宇宙中的你也是从左走到右，没有什么不同。"

"那么，我们怎么知道这确实是两个宇宙之间的通道，而不是一个骗局呢？"

"你会看到那个设备中间出现一个光圈，我们会把若干实验物体从光圈中推过去，如此而已。当然，实际上出现在光圈另一边的已经是来自平行宇宙的同样物体了，但是看不出任何区别来。对于公众来说，确实看不出什么不同。"

"您没有回答我的问题，公众怎么能知道这不是一个骗局？"女记者咄咄逼人。

"呵呵，关键在于两个宇宙之间的'门'本身，"丁教授胸有成竹，"这扇门一旦创造出来就不会关闭，成为空间内部的固定结构，将两个宇宙彼此打通。即使我们移走所有的仪器，它仍然不会消失，并且会对周围时空产生轻微扭曲，其效应可以通过仪器测量。当然，我说过，这对世界本身来说实质上并没有任何影响。"

"这样啊，那您什么时候能创造出通向更奇妙的平行宇宙的大门？"

"这个嘛……等我们创造出足以通向恐龙和魔法师的宇宙的

大门时，再请您来采访吧。现在可以开始实验了吗？"

助手们遥遥答应着。很快，一台橄榄色的机器发出了低沉的轰鸣，在那台机器深处，肉眼不可见的正电子跳着诡异的量子之舞，以接近光速的高能量冲击着宇宙间的能量势垒，要打开距离自己最近的平行宇宙的大门。

扩展阅读推荐书目

《黑洞与时间扭曲》

〔美〕基普·S. 索恩 著

《隐藏的现实：平行宇宙是什么》

〔美〕布莱恩·格林 著

《46 亿年的奇迹：地球简史》（共 13 册）

〔日〕朝日新闻出版 著

《灭绝的哺乳动物图鉴》

〔日〕富田幸光 著　伊藤丙雄 冈本泰子 绘

《猛犸猎人》

〔美〕琼·奥尔 著